Sanni Aran

Bretonische Kälte

W0407810

ambiente-krimis

Buch

Es ist Winter und Eiseskälte liegt über der Bretagne, wo seltsame Dinge geschehen.

Eine Frau ist auf der Flucht. Warum hat sie ihren Job Hals über Kopf hingeschmissen? Vor wem hat sie Angst? Eine Studentin wird an der felsigen Küste angeschwemmt. Eine Tote ohne Namen liegt in der Luxussuite des Hôtel de la Plage bei Saint Malo. Als Kommissarin Julie Roche Fall übernimmt, steht sie vor der größten Herausforderung ihres Lebens - beruflich und privat. Sie muss bei der Suche nach dem geheimnisvollen Täter auf die Hilfe ihres *sous-commissaire* und besten Freundes Yanick LeGuel verzichten, denn er hat sich in die Provence versetzen lassen. Julie weiß, dass sie ein Alkoholproblem hat. Hat Yanick sie deswegen verlassen?

Auf der Suche nach der Identität der unbekannten Toten führt eine grausige Spur in die Provence, wo weitere mysteriöse Morde geschehen.

Autorin

Die Autorin, die sich hinter dem Pseudonym Sanni Aran verbirgt, ist Reisejournalistin und hat unter ihrem bürgerlichen Namen bereits zahlreiche Bücher verfasst. Mit *commissaire* Julie Roche schickt sie eine außergewöhnliche Frau in der Bretagne auf Ermittlungstour.

Sanni Aran

Bretonische Kälte

Commissaire Julie Roches dritter Fall

Ein Bretagne-Krimi

ambiente-krimis

ambiente-krimis,
Michael Heinhold
Am Feilnbacher Bahnhof 10
83043 Bad Aibling
Erste Auflage 2019
ISBN 978-3-945503-22-5
Copyright © 2019 by ambiente-krimis
Alle Rechte vorbehalten
Gesamtherstellung: CPI Claussen & Bosse, Leck
Umschlagfoto: Michael Heinhold

ISBN der e-book-Ausgabe: 978-3-945503-23-2

Der Mensch hat nicht ein und dasselbe
Leben. Er hat viele Leben hintereinander
und das ist die Ursache seines Unglücks.

François René de Chateaubriand
Bretonischer Schriftsteller und Diplomat

Personen und Handlungen in diesem Roman sind frei erfunden und orientieren sich nicht an lebenden oder toten Vorbildern und Geschehnissen. Etwaige Ähnlichkeiten sind nicht beabsichtigt und wären rein zufällig.

Prolog

Ihr Körper fühlte sich schwer und taub an. Unter sich spürte sie nur kalten Schlamm und einige spitze Steine, die sich in ihren Rücken bohrten. Kleine, eisige Wellen schwappten träge gegen ihren Kopf. Über sie hinweg fegte ein starker Wind, der salzige Luft mit sich brachte.

Sie stöhnte laut auf vor Schmerzen, als sie mühsam versuchte ihren Kopf zu heben. Jede Bewegung jagte ein Stechen durch ihren Körper, der bis in Arme und Beine ausstrahlte. Kraftlos schloss sie wieder die Augen. Wo war sie nur? Wie war sie an diesen Ort gekommen? Oder - und diese Frage quälte sie noch mehr - warum zur Hölle konnte sie sich an nichts erinnern?

Wieder traf sie eine Welle. Diesmal spülte ihr das Wasser etwas weiter über den Kopf. Sie erstarrte. Lauschte. Versuchte vergeblich eine Uhrzeit zu bestimmen. Es war Nacht. Wenn sie die Augen öffnete, umgab sie nur Dunkelheit. Über ihr war der Nachthimmel, eine tiefschwarze Kuppel ohne Sterne. Der Mond war nicht zu sehen. War es die Flut, die kam? Wieder klatschte eine Ladung Wasser an Land, umspülte sie. „Scheiße!“ Seit vielen Jahren lebte sie am Meer, an der bretonischen Küste in Saint Malo. Deshalb wusste sie, dass die Wassermassen mit der Flut immer drängender und schneller kommen würden, dass sie diesen Flecken sandiger Erde, auf dem sie lag, bald komplett überschwemmen würde. Sie hustete, als ihr Salzwasser in den geöffneten Mund gelangte. Vergessen waren die drängenden Fragen, die sie soeben noch gequält hatten. Sie waren einer grausamen Gewissheit gewichen, die sie wie ein Schlag traf: Wenn sie nicht bald von hier fortkam, würde sie diese eiskalte, bretonische Nacht nicht überleben.

Kapitel 1

Bretagne

Die Sonne stahl sich heimlich durch die Ritzen der Jalousien, die das kleine Zimmer in dem unscheinbaren Hotel verdunkelten. Der Tag war noch ganz jung und kein Geräusch drang durch das geschlossene Fenster herein. Fast war es, als wäre das kleine Dörfchen in einen tiefen Dornröschenschlaf versunken ohne jemals wieder daraus zu erwachen. Morgane rieb sich die Augen. Mit schweren Lidern ließ sie ihren Blick durch das geschmacklos eingerichtete Zimmer wandern. Die Wände waren mit fliederfarbenen Tapeten beklebt, eine Lampe, deren Schirm mit gelbem Stoff bezogen war, baumelte von der Holzdecke. Außer einem Tisch, einer Kommode und dem Bett, in dem sie gerade lag, war der Raum leer.

Morgane spürte, wie eine unangenehme Übelkeit sich langsam von ihrem Magen nach oben arbeitete. Ein saurer Geschmack schoss ihr in den Mund und sie begann zu würgen. Nur knapp schaffte sie es auf die Toilette und erbrach sich dort. Durch das gekippte Toilettenfenster drang leiser Vogelgesang, als sie ihren Kopf schwer auf die Klobrille sinken ließ. Die Übelkeit war einer tiefen Hoffnungslosigkeit gewichen. Wohin sollte sie nur gehen? Man würde sie überall finden. Die Bretagne war klein. Und für einen Flug nach Übersee reichte ihr knappes Budget nicht. Ihre Kreditkarten hatte sie genauso wie ihren Pass in Saint-Malo zurückgelassen. Sie hatte nur das Bündel Geldscheine, das sie eilig eingesteckt hatte, bevor sie in ihren kleinen, klapprigen Renault gesprungen war, um zu verschwinden. Sie war aus der Stadt gerast, als wäre der Teufel höchstpersönlich hinter ihr her und hatte erst angehalten, als sie sich in sicherer Entfernung zu ihm gewähnt hatte. Aber gab es überhaupt eine sichere Entfernung? Würde sie sich jemals wieder sicher fühlen?

Morgane erhob sich und trat an das Waschbecken? Der Blick in den schmutzigen Spiegel ließ sie zurückfahren. Ihre Augen waren trüb, dunkle Balken liefen darunter entlang. Das bleiche Gesicht, das sie anstarrte, hatte so gar nichts mit der Frau zu tun, die sie einmal gewesen war. Mit zittrigen Fingern drehte sie den Wasserhahn ganz heiß auf und hielt ihre Hände darunter. Dampf stieg auf und legte sich auf das billige Spiegelmosaik. Der Seifenspender war fast leer, doch Morgan hörte nicht auf, den Sprühkopf wieder und wieder zu drücken, die billige nach künstlichen Aromen riechende Seife auf ihre Hände zu reiben und diese erneut unter das siedend heiße Wasser zu halten.

Als sie den Wasserhahn wieder zugedreht und sich die Hände abgetrocknet hatte, atmete sie tief durch. In der Ferne hörte sie Kirchenglocken. Es musste schon sechs Uhr sein. Zeit für sie, aufzubrechen. Hastig warf sie ihr weniges Hab und Gut in ihre zerschlissene Reisetasche. Ein langer anstrengender Tag lag vor ihr.

***

Eigentlich war alles wie immer. Leise vernahm sie das Klackern der Computertastatur, auf die *sous-commissaire* Lisa Baélec einhämmerte. Samuel Lemarc der neue Kollege, der bei ihrem letzten Fall aus dem Süden zu ihrem Team dazugestoßen war, war in die Mittagspause verschwunden. An der Tür rauschten immer wieder Stimmen vorbei. Ihr Blick wanderte zum Fenster, das leicht geöffnet war. Eine kalte Brise fegte von draußen herein. Es war Dezember und die Kälte hatte Saint-Malo fest im Griff. Die gutgelaunte Stimme der Wetterfee des lokalen Radiosenders hatte ihr eine deprimierende Prognose ins Ohr gezwitschert, als sie am Morgen in die Arbeit gefahren war. Es würde noch kälter werden. Mit dem Ostwind würden die Temperaturen unter Null sinken. Vielleicht könnten sich die Bretonen sogar auf etwas Schnee freuen. *Commissaire* Julie Roche seufzte. Sie mochte die Kälte nicht und Schnee konnte sie schon gar nicht gebrauchen. In ihrer Wohnung, die an der Strandpromenade lag, waren die Fenster undicht und es war ihr, als drängen Frost und Nebel direkt in ihr Wohnzimmer. Alles wirkte klamm und eiskalt. Zu allem Überfluss funktionierte die marode Heizung nicht und so erfuhr Julie zum ersten Mal in ihrem Leben was es bedeutete richtig zu frieren.

Ganz anders in ihrem Kommissariat. Die Räume in der Mordkommission, der *brigade criminelle,* deren Chefin sie war, waren überheizt. Es war so warm, dass ihre Mitarbeiterin Lisa das Fenster geöffnet hatte. Julie erhob sich und schloss es. Lisa hob den Kopf und blickte sie fragend an.

„Wirst du krank?"

Julie schüttelte den Kopf. „Mir ist kalt. Friert denn hier sonst keiner außer mir? Samuel ist doch eigentlich die milden südfranzösischen Winter gewohnt. Und dennoch scheint ihm dieses Scheißwetter nichts auszumachen."

„Redet Ihr über mich?"

Samuel steckte den Kopf zur Tür herein und musterte seine beiden Kolleginnen. Er war ein hübscher Kerl, dunkelhaarig mit großen, braunen Augen und einem verschmitzten Lächeln, das seine Lippen stets umspielte. Im Präsidium war er beliebt, aber bei Julie, seiner direkten Vorgesetzten, hatte er noch nicht punkten können. Zu tief saß bei ihr der Stachel, dass er Yanick Le Guel, ihren ehemaligen Kollegen und besten Freund, ersetzt hatte. Die beiden Männer hatten einfach ihre Posten getauscht und Yanick saß nun im lauen Süden und trank wahrscheinlich gerade einen Ricard in der Bar, während seine bretonischen Kollegen im fernen Saint-Malo froren. Das war aber nicht der einzige Grund, warum Julie mit einem gewissen Unbehagen an ihn dachte. Die beiden waren sich im vergangenen Jahr nähergekommen und Yanicks Entschluss, die Bretagne Hals über Kopf zu verlassen, hatte sicherlich mit ihrem Verhalten ihm gegenüber zu tun gehabt. Sie wischte diese unangenehmen Gedanken bei Seite und wandte sich Samuel zu. Anfangs hatte sie ihn schlicht ignoriert. Sie hatte keinen Grund gesehen, diesen provenzalischen Schönling in ihr Team aufzunehmen. Sie kamen hier gut alleine zurecht. Aber ihre obersten Chefs in Paris hatten das so entschieden. Und mit der Zeit hatte sie ihn akzeptiert. Was noch lange nicht hieß, dass sie ihn mochte. Irgendetwas an ihm machte sie misstrauisch. Aber vielleicht war sie inzwischen einfach nur paranoid. Wundern würde es sie nicht, nach allem, was in den letzten Jahren vorgefallen war.

Mit einem lauten Seufzer tauchte Julie wieder aus ihren Gedanken auf und zuckte mit den Schultern.

„So ein spannendes Gesprächsthema bist du nicht, Samuel. Aber wenn du es unbedingt wissen willst: Wir sprachen über das Wetter!“ Mit diesen Worten ließ sie ihn links liegen und verschanzte sich hinter ihrem Schreibtisch, der mit Aktenbergen beladen war. In den vergangenen Monaten war kein interessanter Fall bei Ihnen gelandet. Saint-Malo schien in einen tiefen Winterschlaf verfallen zu sein und selbst die Gauner und Ganoven wagten sich bei der Eiseskälte wohl nicht vor die Tür. Ihr sollte es nur recht sein, hatte sie doch immer noch gewaltig an ihrem letzten großen Fall zu nagen, der ihr auch persönlich kräftig an die Substanz gegangen war. Tempi passati. Momentan beschäftige sich ihr Team nur mit Kavaliersdelikten, kleineren Bagatellfällen, die in Windeseile aufgeklärt und ad acta gelegt werden konnten. Um nicht untätig herumzusitzen, hatte es sich die eifrige Lisa zur Aufgabe gemacht, alte, ungeklärte Mordfälle aus dem Keller nach oben ans Tageslicht zu befördern, um sie nochmals zu überprüfen. So verbrachten sie ihre Tage im warmen Büro, tranken starken Kaffee und ackerten sich durch Papierberge. Lisa, eine etwas forsche, aber liebenswerte Deutsch-Französin, hatte auf einem großen Whiteboard alle alten Fälle, die sie bereits gesichtet hatte, aufgelistet. Ihre Genauigkeit und ihr Fleiß hielten das kleine Team zusammen und brachten eine Struktur hinein, die Julie nicht zu geben vermochte. Obwohl sie die Abteilung leitete, galt sie als chaotisch und so manch ein Kollege verstand nicht, wie sie sich auf ihrer Position halten konnte. Julie war das egal. Sie wusste, dass sie das Gesprächsthema Nummer 1 im Präsidium war. Sollten sich doch die alten Spießer das Maul über sie zerreißen.

Entgegen ihrer Gewohnheit erwischte sich Julie in letzter Zeit immer öfter dabei, dass sie schon am frühen Nachmittag den Laptop abschaltete, sich von ihren Kollegen mit einem Kopfnicken verabschiedete und in einen frühen Feierabend startete. Das hatte einerseits damit zu tun, dass sie sich immer noch nicht an die Anwesenheit Samuels gewöhnt hatte. Zum anderen hing es mit ihrer neuen Dienstagnachmittagsbeschäftigung zusammen. Eigentlich konnte sie es immer noch nicht fassen, was sie da tat. Was hatte sie nur geritten, als sie sich vor einigen Monaten von Yanick dazu hatte überreden lassen, einen ersten Termin zu vereinbaren? Mit einer gehörigen Portion Widerwillen war sie damals zu dem schlichten Ärztehaus in der Innenstadt gefahren, der festen Überzeugung, sich das ganze nur einmal unverbindlich anzuschauen. Diesem ersten Mal waren viele weitere Male gefolgt, und inzwischen konnte sie sich gar nicht mehr vorstellen, auf diesen wöchentlichen Pflichttermin zu verzichten.

Sie warf einen Blick auf die Uhr. Sie musste los, wenn sie nicht zu spät kommen wollte.

***

„Wie fühlen Sie sich heute?“

Der ältere Herr, der ihr gegenübersaß, musterte sie freundlich. Er trug einen etwas altmodischen Cordanzug. Ein leichter Dreitagebart zeichnete Schatten auf seine Wangen. Das Haar war grau und in Wellen zurückgekämmt, was die ausgeprägten Geheimratsecken noch zusätzlich betonte. Am Anfang war er Julie nicht sympathisch gewesen. Sie hatte sich völlig fehl am Platz gefühlt, als sie das erste Mal *docteur* Coups Praxis betreten hatte. Aber irgendetwas hatte er in ihr berührt, das ihre ganze mühsam aufgebaute innere Schutzmauer zum Einsturz gebracht hatte. Sie hatte dem Psychiater alles erzählt, die ganze dunkle Wahrheit, die sie seit Jahren mit sich herumschleppte. Und er hatte es sich emotionslos angehört und ab und zu mit dem Kopf genickt. Wissend, als ob er so etwas nicht zum ersten Mal hörte. Irgendwie hatte ihr diese Gleichgültigkeit gutgetan, hatte die Erinnerungen an ihren richtigen Platz verwiesen, dorthin, wohin sie eigentlich gehörten, nämlich in die Vergangenheit. Schließlich hatte sie eingesehen, dass es nur einen Weg gab, mit ihrer Vergangenheit abzuschließen. So war sie in die Redaktion eines beliebten Magazins marschiert und hatte dem verdutzten Chefredakteur alles erzählt. Dass ihr Vater, ein angesehener Kriminalkommissar und Regionalheld weit über die Grenzen von Saint-Malo hinaus, in Wirklichkeit ein Gauner gewesen war, der nicht einmal davor zurückgeschreckt hatte, die Waffe gegen seine eigene Tochter zu richten. Gierig hatte der Journalist ihren Worten gelauscht und sich Unmengen an Notizen gemacht. Wenige Wochen später erschien eine Sonderausgabe, deren Cover ihr Bild zierte. Für einige Zeit war das Thema in allen Medien gewesen und Julie hatte unzählige Einladungen zu Talkshows bekommen, die sie aber allesamt abgelehnt hatte. Vielmehr hatte sie sich zurückgezogen und sich nur mit Lisa, ihrer engsten Vertrauten, getroffen. Inzwischen war zwar Gras über die Sache gewachsen, jedenfalls was die Reaktionen der Medien betrafen, in Polizeikreisen war Julies Beichte aber immer noch ein großes Thema, das auch eine polizeiliche Ermittlung nach sich zog. Schließlich wog Julies Vorwurf schwer, dass ihr inzwischen verstorbener Vater, Hauptkommissar Roche, zusammen mit seinem Partner in Drogengeschäfte verwickelt gewesen sein sollte und in diesem Zusammenhang sogar einen Mord begangen haben sollte. Kollegen auf dem Präsidium, die mit dem Fall betraut waren, schwiegen jedoch beharrlich, sobald Julie das Büro betrat. Und eigentlich war sie froh darüber. Sollte der Fall weitere Kreise ziehen, würde sie ohnehin nochmals offiziell befragt werden.

„*Madame* Roche?"

Julie fuhr auf. Sie war völlig in Gedanken versunken gewesen und hatte darüber den Psychologen völlig vergessen.

„Wie bitte?" Mit einer entschuldigenden Geste richtete sie sich auf und blickte dem Mann mit einem zurückhaltenden Lächeln an.

„Ich wollte wissen, wie es Ihnen heute geht?", wiederholte der seine Frage geduldig. Julie zuckte mit den Achseln.

„Es geht. Die Nächte sind schlecht."

Sie suchte nach weiteren Worten, um ihre Gefühle zu beschreiben, fand aber keine. Also schwieg sie. Sollte sie ihm von ihren Träumen berichten? Dass ihr Vater sie immer noch jede Nacht heimsuchte? Ihr einfach keine Ruhe ließ? Sie entschied sich dagegen.

„Machen Sie denn regelmäßig ihre Übungen?", hakte er nach und konnte sich ein resigniertes Seufzen nicht verkneifen. Ehrlich schüttelte Julie den Kopf und dachte an die Übungen, die er ihr gezeigt hatte.

„Damit können Sie garantiert besser schlafen", hatte er ihr versprochen und ihr genau erklärt, wie sie ihre Muskelgruppen anspannen und dann wieder lockerlassen sollte, um bei negativen Gedanken wieder entspannter zu werden. Es hatte nichts gebracht. Ein, zweimal hatte sie es versucht, hatte dann aber bald wieder das Handtuch geworfen.

Der Psychologe verschränkte die Finger ineinander und sah sie eindringlich an.

„Wir können nur dann eine Verbesserung ihres seelischen Zustandes erreichen, wenn Sie mitarbeiten", sagte er und in seiner Stimme klang ein strenger Unterton mit. Julie nickte. Sie wusste, dass sie an sich arbeiten musste. Allein die Tatsache, dass sie hier jede Woche saß, war ein großer Fortschritt. Alles andere brauchte noch Zeit.

„Wir sehen uns nächste Woche wieder, *madame* Roche." Der Psychologe erhob sich und streckte ihr zum Abschied die Hand entgegen. Julie nahm sie und spürte die trockene, kühle Haut des alten Mannes. Mit einem Ruck erhob sie sich vom Sofa und verließ den Behandlungsraum.

Noch eine Sitzung geschafft! In Gedanken klopfte sie sich anerkennend auf die Schulter. Sie kam voran. Wenn auch nur in kleinen, zaghaften Schritten, aber es ging vorwärts.

***

„Leider reicht Ihr Guthaben nicht aus!", drang eine eintönige Stimme aus dem Lautsprecher des Handys. Morgane schloss verzweifelt die Augen. Hatte sich die ganze Welt gegen sie verschworen? Wütend pfefferte sie das alte Prepaidhandy neben sich auf die Wiese, auf der sie saß. Der Tag neigte sich bereits seinem Ende zu. Ihre Beine schmerzten. Sie musste stundenlang gelaufen sein. Müde kramte sie die Landkarte aus ihrer Tasche und studierte den letzten Wegabschnitt. Bald müsste sie ihr Ziel, einen kleinen Ort an der Küste, erreicht haben. Dort würde sie sich mit Vorräten eindecken und dann zur *ferme* laufen. Besorgt blickte sie nach Westen. Die Sonne würde bald untergehen. Sie musste sich beeilen.

„Es ist wunderschön dort. Die *ferme,* ein typisches bretonisches Bauernhaus, gehört meiner Großtante, aber wir sind dort immer willkommen!", konnte sie die fröhliche Stimme ihrer Freundin Anni hören. Das kleine Anwesen am Meer, wo diese immer ihre Ferien als Kind verbracht hatte, hatte sich in Morganes Ohren stets wie das Paradies angehört. Aber irgendwie hatten sie es in all den Jahren ihrer Freundschaft nicht geschafft, gemeinsam dorthin zu fahren. Morgane hatte aus all den Erzählungen ein festes Bild im Kopf und war gespannt, das Haus in Kürze in wirklich zu sehen.

Kapitel 2

Bretagne

Am nächsten Tag kam es ihr noch kälter vor. War das überhaupt möglich? Frierend zog Julie die Jacke fester um sich und beeilte sich, ihr Auto aufzusperren. Sie war spät dran. Nachdem sie länger als gewöhnlich geschlafen hatte, hatte sie sich ein ausführliches Frühstück gegönnt, das sie mit einem *café au lait* und einer Zigarette krönte. Eile war ohnehin nicht angesagt. Lisa, die bereits seit halb sieben in der Früh an ihrem Platz im Büro saß, hatte ihr eine Nachricht geschickt, dass es eigentlich nicht viel zu tun gäbe und dass Julie gerne einen Tag daheimbleiben könne. Kurz hatte sie darüber nachgedacht, hatte die Idee dann aber wieder verworfen. Ein ganzer Tag ohne Arbeit bedeutete zu viel Zeit zum Nachdenken und Grübeln. Und so kam es, dass sie jetzt frierend in ihrem Auto saß und entgeistert auf ihre Windschutzscheibe starrte. War das eine feine Eisschicht? Sie konnte sich nicht erinnern, jemals die Autoscheibe von Eis befreit zu haben. Sie wusste, dass Lisa ihr erzählt hatte, dass man dort, wo sie herkam, im Winter jeden Morgen kratzen musste, bevor man losfahren konnte. Ein Albtraum. Verzweifelt begann Julie in ihrem Handschuhfach zu kramen, um ein passendes Werkszeug zu finden. Dabei schaltete sie das Radio an und erwischte gerade die Ansagerin, die die Wetteraussichten vorlas.

Saint-Malo – zieh dich warm an. Denn es wird noch kälter werden. Nachdem wir heute zum ersten Mal in diesem Winter die Nullgradgrenze unterschritten haben, wird das Thermometer in den nächsten Tagen noch weiter fallen. Wir erwarten bis zu minus fünf Grad, dazu kommen eisige Winde, die vor allem die Küstenstädte treffen werden. Wer noch keine Winterreifen hat, sollte schleunigst zur nächsten Werkstatt fahren. Das war's von mir. Ich gebe ab zu den Kollegen vom Verkehrsfunk!

„Merde! Merde! Merde!", fluchte Julie, als sie aus dem Wagen stieg und mit einer Behelfslösung, einer alten Chanson-CD, ungeschickt an der Windschutzscheibe herumkratzte. Wenigsten hatte sie keinen Zeitdruck, beruhigte sie sich. Als sie endlich wieder im Auto saß, war ihr eiskalt. Sie betrachtete ihre Hände. Durch die Kälte waren sie rot und voller kleiner Falten. Sie musste sich unbedingt Handschuhe besorgen.

***

Das Haus war bei Weitem nicht so groß, wie Anni immer behauptet hatte, aber es erfüllte seinen Hauptzweck: es lag recht einsam, mindestens eine halbe Stunde Fußmarsch entfernt vom nächsten Dorf. Sie blickte sich in der kleinen Wohnküche um. Der rechteckige Raum war liebevoll eingerichtet. Ein großer, massiver Holztisch in der Mitte ließ vermuten, dass hier lange, gemütliche Familienabende verbracht worden waren. Der alte Ofen schien noch aus dem letzten Jahrtausend zu kommen. Der Herd musste befeuert werden und es gab kein warmes Wasser. Trotzdem fühlte sich Morgane seltsam wohl und geborgen. Als sie gestern angekommen war, war es schon längst dunkel gewesen. Bei ihrer letzten Rast hatte sie nicht erwartet, dass es noch so lange dauern würde, aber nachdem sie das kleine Dorf passiert hatte, war der Weg steinig und holprig geworden und hatte über eine steile Klippe geführt. Es hatte ihr alle Konzentration abgefordert, sich auf den Weg zu konzentrieren. Und trotzdem: Immer wieder war sie stehengeblieben, hatte sich umgedreht und nervös an ihrer Tasche herumgenestelt. Was, wenn etwas herausgefallen war, das sie verriet und ihnen den Weg zu ihr wies? Obwohl sie wusste, dass es falsch war – es wurde bereits dunkel und es war eisig kalt – war sie mehrmals an diesem Abend wieder umgedreht und hatte Teile des Pfades wieder und wieder abgelaufen. Sie hatte nichts gefunden, keine Spuren, die auf sie hinwiesen. Und dennoch hatte sie sich die ganze Zeit unwohl gefühlt. Was, wenn sie doch irgendwo etwas hatte fallen lassen? Vielleicht hatte sie es in der Dunkelheit nicht gesehen? Sie musste den Weg nochmals ablaufen bei Tageslicht. Sicherheitshalber.

Sie verließ die Wohnküche und stieg die enge Stiege aus grob gemauerten Natursteinen in den ersten Stock hinauf. Dort gab es zwei kleine Räume, in denen Betten standen. Sie suchte sich das kleinere als Schlafzimmer aus, da es zwei Fenster hatte - eines aufs Meer hinaus und eines auf die schier endlose Heidelandschaft. Von hier aus konnte sie weite Teile des Pfades erkennen, den sie gekommen war. So wäre sie in der Lage, einen unerwünschten Besucher frühzeitig zu entdecken. Viel mehr gab es nicht zu sehen.

Sie kehrte zurück in die Wohnküche im Erdgeschoß. Durch eine Bodenluke konnte man in einen engen Kellerraum klettern, der feucht und kalt war. Vermutlich war das früher die Speisekammer gewesen, denn Morgane entdeckte noch einige abgelaufene Konservendosen. Vor dem Haus gab es ein Toilettenhäuschen und einen kleinen Schuppen, in dem vermodertes Holz gestapelt war. Sie war sich nicht sicher, ob es zu gebrauchen war, schließlich hatte Anni ihr bei ihrem letzten Treffen erzählt, dass die *ferme* seit Jahren leer stand. Trotzdem - sie würde es versuchen. Ansonsten müsste sie einen Strand finden, wo man Treibholz sammeln konnte. Ultima ratio. Eigentlich hatte sie nicht vor, das Haus mehr als nötig zu verlassen. Da sie kaum noch Vorräte hatte, würde ihr nichts anderes übrigbleiben, als morgen in das Dorf zu gehen und einzukaufen. Sie hatte gesehen, dass es einen kleinen Supermarkt gab. Dort würde sie sich mit ausreichend Konserven und Getränken eindecken, so dass es für eine Weile reiche würde.

Provence

Die Sonne hatte sich zwischen den dichten Wolken hervorgekämpft und wärmte die wenigen Menschen, die vor der kleinen Bar saßen, einen *café* oder Ricard tranken und rauchten. *„Merde, il fait froid"*, schimpfte ein alter, zahnloser Mann und zog hastig an seiner in Maispapier eingewickelten Zigarette. Die verglaste Holztür öffnete sich und ein junger Mann, der ein Tablett auf seiner Handfläche balancierte, trat heraus. Sein Gesicht war trotz des winterlichen Wetters von der provenzalischen Sonne gebräunt. Vermutlich hatte er als Saisonarbeiter bei der Olivenernte mitgeschuftet und dabei kräftig Sonne abgekommen. Nun trat er an einen runden Tisch und stellte einen Ricard und eine mit Wasser gefüllte Glaskaraffe vor den alten Mann. Der nickte, immer noch düster dreinblickend, und goss die gelbe Flüssigkeit mit Wasser auf.

Durch die Glastür beäugte er den flackernden Fernseher, der über dem Tresen hing. Es liefen Nachrichten. Eine Reporterin, eingewickelt in einen dicken Wollschal, stand an einem langen Strand. Wind zerzauste ihr Haar. Unten lief eine sich ständig wiederholende Einblendung als Schriftzug vorbei: *Wintereinbruch in der Bretagne. Die Polizei warnt vor glatten Straßen und Temperaturen unter null Grad.*

„Regardez ça", brummte der alte Mann, warf seinen noch glühenden Zigarettenstummel weg und zog sogleich eine neue aus der Packung.

„Die frieren sich da oben im Norden den Arsch ab. Hier ist es zwar auch nicht warm, aber so mies dran sind wir Gott sei Dank noch nicht."

Der Kellner nickte freundlich in seine Richtung.

„Da hast du Recht, Jerome. Aber allzu lange hält man es hier draußen auch nicht aus. Ich geh mal wieder rein. Ruf mich, wenn du noch etwas brauchst!" Damit verschwand er im Inneren der Bar.

„Ist der alte Jerome schon wieder betrunken? So früh am Morgen? Du solltest ihm nichts mehr geben, Philippe!" Der Keller lächelte dem dunkelhaarigen Mann zu, der an der Theke gelehnt stand und einen *café au lait* schlürfte. Dazu verspeiste er ein Croissant.

„Er wird gar nicht mehr nüchtern", antwortete Philippe. „Und wenn ich es ihm nicht gebe, dann torkelt er in eine der anderen Bars und betrinkt sich dort. Welchen Unterschied macht das schon? Hier kann ich wenigstens auf ihn aufpassen und ihn abends heimbegleiten, wenn er es nicht mehr alleine schafft!"

Yanick lächelte seinem Freund zu. Seit er in dem kleinen Ort Bartavelle, etwa eine Stunde von Marseille entfernt, lebte, nahm er jeden Morgen sein Frühstück in der Bar von Philippe ein. Hier gab es einigermaßen guten Kaffee, auch wenn er nicht an den, den seine ehemalige bretonische Kollegin Lisa stets gekocht hatte, heranreichen konnte. Niemals. Aber Philippe war eine angenehme Gesellschaft und er erlaubte Yanick sein eigenes Frühstück mitzubringen und in der Bar zu verzehren. So hatte sich mit den Monaten ein Ritual eingeschlichen. Jeden Morgen wurde er gegen sechs Uhr von Gigi geweckt. Den Labrador hatte er von seinem Vermieter, einem alten Südfranzosen, der aufgrund seiner zahlreichen Gebrechen in ein Altenheim ziehen musste, übernommen. Auch Gigi war alt und hörte schlecht, aber er war eine treue Seele und inzwischen sein bester Freund. Er wusste, dass das armselig klang, aber so war es nun mal. Mit seinem Entschluss, die Bretagne zu verlassen, hatte er auch seine besten Freunde zurückgelassen. Hier war er ein Fremder und es würde noch dauern, bis er seinen Platz in der Dorfgemeinschaft gefunden hatte. Seine Croissants kaufte er in der kleinen Bäckerei am Platz, verspeiste diese nebst Kaffee bei Philippe und lief dann Tag für Tag in das kleine Polizeipräsidium des Ortes, wo er den Posten des *sous-commissaire* übernommen hatte. Er fühlte sich wohl dort. Die Kollegen waren entspannt, durchwegs männlich, und kaum war Feierabend, spazierte er zurück nach Hause. Die Routine tat ihm gut. Der Abstand zu seinem alten Leben tat ihm gut. Der Abstand zu Julie. Er dachte oft an sie, viel zu oft. Gleichzeitig wusste er aber, dass ihr Leben zu verkorkst war, als dass er darin seinen Platz hätte finden können. Sie war eine einzige Katastrophe. Anfangs hatte er das auf eine gewisse Art und Weise charmant gefunden. Inzwischen wusste er, dass sie ihm nicht guttat. Sie hatte sein ganzes Leben auf den Kopf gestellt, hatte ihm Hoffnungen gemacht, die sie nicht erfüllen konnte, und hatte schließlich das Fass zum Überlaufen gebracht, als sie zuerst mit seinem besten Freund geschlafen und diesen dann wegen Mordes verhaftet hatte. Sie hatte Yanick von den finalen Ermittlungen ausgeschlossen und dabei den Chef heraus hängenlassen. Damit hatte sie eine Grenze überschritten. Und mit seinem Abgang hatte er diese Grenze wieder neu gezogen. Er hatte einen Schlussstrich unter Julie Roche gezogen. Und das war gut so!

Bretagne

Julie spürte sofort, als sie das Kommissariat betrat, dass etwas passiert war. Im Vorzimmer standen zwei Streifenpolizisten und warteten. Schon bevor sie ihr Büro betrat, konnte sie Lisa Befehle ins Telefon bellen hören.

„Wissen wir, wer es ist? Wo genau? Schicken Sie mir einen Lageplan aufs Handy. Ist Moulin schon unterwegs?"

Julie trat an ihren Schreibtisch und griff sich die Kaffeetasse, die mit dampfendem Espresso gefüllt war.

„Was ist passiert?"

Samuel räusperte sich.

„Unbekannte Frauenleiche. Ein Zimmermädchen hat sie in der Früh im *Hôtel de la Plage* an der Promenade entdeckt."

„Wissen wir schon mehr?"

„Nein!", Lisa hatte den Hörer aufgelegt und drehte sich nun zu ihren Kollegen. „Moulin ist unterwegs und die Streifenpolizisten bewachen alles. Wir sollten uns beeilen!"

Zehn Minuten später hielten sie vor einem mondänen Hotel direkt an der Strandpromenade. An der großen gläsernen Drehtür warteten bereits Polizisten, die Julie und ihr Team durch das Foyer zum Aufzug geleiteten. Der gesamte Eingangsbereich war wie leergefegt.

„Wo sind die ganzen Gäste?", fragte Julie. „Es ist halb zehn. Frühstückszeit. Das Foyer sollte doch voll sein!"

Ein junger Polizist antwortete: „Auf Anweisung des Hoteldirektors werden alle Gäste über einen Umweg in den Frühstückssaal geführt, damit die Polizei ungestört arbeiten kann."

„Haben Sie das Personal angewiesen, dass niemand das Hotel verlassen darf? Vom Zimmermädchen bis zum Hotelgast muss jeder für Befragungen verfügbar sein!"

Der Polizist nickte. „Selbstverständlich. Wir haben auch den Tatort sorgfältig abgesperrt und darauf geachtet, dass wir keine Spuren verwischen oder neue erzeugen. Alles nach Lehrbuch!" Er zwinkerte Julie zu. Er musste frisch von der Polizeischule gekommen sein, so bemüht wie er sich gab.

Mit dem Aufzug fuhren sie in den 5. Stock.

„Hier oben befinden sich die Suiten", berichtete der Polizist. „Wir haben die Leiche in der *Suite de la Plage* entdeckt, das beste Zimmer des Hauses. Superedel! Das ist nicht der schlechteste Ort, um zu sterben!" Er kicherte.

„Das werden wir dann selbst beurteilen. Vielen Dank für Ihre Hilfe", entgegnete Lisa kühl und warf dem redseligen Polizisten einen strengen Blick zu. Smalltalk funktionierte bei ihr einfach nicht.

Der Aufzug stoppte und sie betraten einen langen Gang, der mit einem roten Läufer ausgelegt war. Ganz an dessen Ende befand sich die *Suite de la Plage,* was kaum zu übersehen war, denn vor der zweiflügeligen Tür standen zwei Uniformierte Wache.

Julie zeigte ihren Ausweis und betrat den Raum. Ein kleiner Gang führte in ein großes Zimmer, das, mit einer Glasfront versehen, gigantische Ausblicke auf das Meer eröffnete. Links ging eine Tür zu einem Badezimmer ab. An der Wand stand ein großes Doppelbett mit zwei kleinen Nachttischen. Nichts wies auf den ersten Blick daraufhin, dass hier ein Verbrechen geschehen war.

„Sie ist im Badezimmer!", vernahm Julie die Stimme des jungen Polizisten. Ein letzter Blick auf das Bett, das unbenutzt aussah, dann ging sie entschlossen auf das Bad zu, Lisa dicht hinter ihr. Dort bot sich ihnen ein beklemmender Anblick. Die Frau lag auf dem Fußboden. An ihrem Hinterkopf erkannte man, auch ohne Pathologe zu sein, dass die Todesursache ein starker Schlag gewesen sein musste. Ihr dunkles Haar war blutverklebt. Ihre rechte Hand hielt sie ausgestreckt, nicht weit davon lag eine Zahnbürste.

„Sie hat sich für die Nacht fertig gemacht, als ihr Mörder ins Bad kam. Vermutlich hat er sie überrascht."

„Ob sie ihn kannte? Wer hat das Zimmer gemietet?"

Der Polizist räusperte sich: „Niemand. Das Zimmer stand an diesem Abend leer."

Julie ging in die Knie, streifte sich Handschuhe über und betrachtete die Leiche genauer.

„Sie trägt gute Kleidung, die Jeans sind von einem teuren Label."

Sie schob die Haare bei Seite. „Die Goldohrringe sind echt. Sie scheint wohlhabend gewesen zu sein! Handtasche gibt es keine? Kulturbeutel? Woher kam die Zahnbürste?"

Sie griff danach und sah das Logo des Hotels darauf.

„*Madame le commissaire*. Schön Sie zu sehen. Darf ich mal?"

Ein älterer, dicker Herr schob sich ins Badezimmer und stellte einen großen Koffer ab. Julie lachte ihn an.

„*Docteur* Moulin. Das Vergnügen liegt ganz auf meiner Seite. Es ist einige Zeit her, dass wir uns das letzte Mal gesehen haben."

Der Pathologe ging keuchend neben Julie in die Knie.

„Sie ist schon länger tot. Achtundvierzig Stunden mit Sicherheit. Wenn Sie es genauer wissen wollen, müssen Sie sich noch etwas gedulden. Ich pack sie ein und melde mich später"!

Er öffnete seinen Koffer und begann den Abtransport vorzubereiten. Julie verließ das Bad und gesellte sich zu

Lisa und Samuel, die auf dem Balkon die gigantische Aussicht bewunderten.

„Moulin sagt, sie ist schon seit über achtundvierzig Stunden tot!", informierte sie ihre Kollegen.

„Das ist nicht gut", kommentierte Samuel und Lisa nickte zustimmend.

„Wie kann es sein, dass sie über zwei Tage hier liegt und keiner entdeckt sie? Das ist ein riesengroßes Hotel, da muss doch mal ein Zimmermädchen vorbeischauen." Julie kratzte sich am Kinn.

„Lisa, ich brauche den Hoteldirektor. Sofort. Ich denke, er kann uns vielleicht einige Informationen liefern. Dann brauchen wir Zeugen. Befragt alle Hotelgäste. Irgendjemand muss ja gesehen haben, wie sie ins Hotel kam, mit wem sie sich hier getroffen hat." Sie überlegte kurz, um dann fortzufahren: „Und wir brauchen die Videos aus den Überwachungskameras."

Sie blickte durch das ausladende Panoramafenster zurück ins Zimmer. „Irgendwie kommt mir das alles komisch vor. Der Raum sieht aus, als ob er nie genutzt worden wäre. Das Bett ist gemacht. Ich habe die Schränke überprüft – leer. Keine persönlichen Sachen, selbst die Zahnbürste ist vom Hotel. Es ist, als ob unser Mädchen nie hier gewesen wäre!", überlegte Lisa.

„Tja, sie liegt erschlagen im Bad. Sie war definitiv hier. Und unsere Aufgabe ist es nun herauszufinden, was sie hier zu suchen hatte und mit wem sie hier war. Und zuallererst sollten wir erfahren, um wen es sich überhaupt handelt! Ich habe einige Fotos gemacht. Ich geh jetzt in den Frühstückssaal, wo alle Hausgäste warten und beginne mit den Befragungen und zeige ihnen das Foto. Mal schauen, ob sie jemand erkennt." Mit diesen Worten erhob sich Samuel und marschierte davon.

„Und was soll ich machen?" Lisa sah Julie an.

„*Comme toujours*", antwortete diese. „Fahr ins Büro, setz dich an den Computer und recherchiere, ob es Vermisstenfälle gibt, die zu unserer Leiche passen. Überprüfe das Prozedere! Gibt es Fälle, die Ähnlichkeiten zu unserem aufweisen? Ich rede mit dem Hoteldirektor und der Belegschaft und komme dann mit Samuel nach!"

***

„Ich kann mir das wirklich nicht erklären!" Marlon Legrand, der Hoteldirektor, ein sympathischer Mann in den Vierzigern, hob mit einem resignierten Gesichtsausdruck die Hände.

„Wann war denn die Suite das letzte Mal gebucht?", fragte Julie. Der Mann deutete auf eine Sitzgruppe vor der Fensterfront und forderte Julie mit einer Handbewegung auf, Platz zu nehmen. Sie ließ sich in einen gemütlich aussehenden Sessel fallen. Das Büro des Direktors war geschmackvoll eingerichtet. Wie auch in der *Suite de la Plage* eröffnete eine Panoramafensterfront einen traumhaften Ausblick. Die wenigen Möbel im Zimmer waren schlicht gehalten, der Fußboden war mit groben Schiffsplanken ausgelegt. Eine elegante Kaffeemaschine thronte auf einer Anrichte.

„Die Suite, übrigens unsere beste, ist in dieser Woche nicht gebucht, daher musste sie auch nicht gereinigt werden. Die letzte Person, die sie betreten hat, war Lulu, ein Hausmädchen. Sie hat sie am Samstag geputzt, als Gäste abgereist waren."

„Zuletzt", unterbrach Julie ihn, „wurde die Suite von unserer Toten betreten!"

Der Hoteldirektor nickte bedrückt.

„Da haben Sie Recht. Ich wünschte, ich könnte Ihnen mehr sagen. Aber es ist mir nichts Ungewöhnliches aufgefallen. Alles verlief in dieser Woche wie immer. Am Wochenende war ich verreist und mein Geschäftsführer, *monsieur* Roulle, hat mich vertreten. Ich kam am späten Montagabend wieder und habe seitdem wirklich nichts Ungewöhnliches beobachtet."

Legrand unterdrückte ein Gähnen und stand auf.

„*Madame le commissaire*, ich brauche dringend einen Kaffee? Darf ich Ihnen auch einen anbieten?"

Er trat zur Espressomaschine und schaltete sie ein.

„Das ist eine ungewöhnliche Kaffeemaschine!" Julie musterte sie ausführlich.

Legrand nickte stolz. „Der Espresso wird per Hebeldruck direkt in die Tasse gedrückt." Er bediente eine Kaffeemühle, die größer als die Maschine selbst war, und für einen kurzen Moment ertönte ein lautes, ratterndes Geräusch und der Geruch nach frisch gemahlenem Kaffee breitete sich aus. Interessiert beobachtete Julie den Hoteldirektor und stellte erstaunt fest, dass das Kaffeekochen bei ihm mehr wie ein Ritual wirkte. Sie musterte ihn und musste sich eingestehen, dass er verdammt gut aussah. Seine schwarzen Haare, die ungekämmt vom Kopf abstanden, waren bereits von grauen Strähnen durchzogen. Er trug lässige Blue Jeans und ein schwarzes Hemd, dessen oberste Knöpfe offenstanden. An seinen Händen konnte sie keinen Ehering entdecken.

„*Et voilà*!" Er reichte ihr eine Tasse, aus der Dampf aufstieg. Julie nippte am Espresso und hob anerkennend die Augenbraue.

„Wow. Das ist mit Abstand der beste Espresso, den ich jemals getrunken habe. Ich bin beeindruckt!"

„Gerne immer wieder", entgegnete er, bereitete sich selber einen Espresso zu und setzte sich dann wieder hinter seinen Schreibtisch.

Julie nahm ihren Notizblock aus der Tasche.

„Ich würde gerne mit der Hausdame sowie mit allen weiteren Angestellten sprechen, die eine führende Position in diesem Haus einnehmen. Gibt es hier einen Raum, wo ich die Befragungen durchführen kann?"

Marlon Legrand hatte bereits zum Telefon gegriffen.

„Ich werde sogleich alle betreffenden Personen informieren. Natürlich nutzen Sie mein Zimmer für die Befragungen."

Kapitel 3

Bretagne

In der kleinen Bar war es gemütlich warm. Sie hatten einen runden Tisch direkt am Fenster ergattert, schlürften dort ihren Kaffee und tunkten ihre Croissants hinein.

Julie sprach als erste: „Der Hoteldirektor war gestern wirklich sehr entgegenkommend. Er hat mir sein schickes Zimmer als Befragungsraum zur Verfügung gestellt, nebst toller Espressomaschine. Wenn es nach mir ginge, könnten Befragungen immer so ablaufen." Sie lachte und wischte sich mit der Serviette Milchschaum von der Oberlippe.

„Leider war es nicht besonders ergiebig. Die Hausdame sagt aus, dass sie die Tote nie zuvor gesehen hat. Das Zimmer war am Samstag gereinigt und seitdem vom Personal nicht mehr betreten worden. Erst als ein Zimmermädchen am Dienstag alles für neue Gäste vorbereiten wollte, wurde die Leiche entdeckt. Die Angestellte hat sofort die Hausdame verständigt, die dann Legrand angerufen hat."

„Aber es muss doch Kameras geben?", hakte Lisa nach. An diesem Punkt schaltete sich Samuel in das Gespräch ein. Zwischen seinen Fingern drehte er eine selbstgedrehte Zigarette, seine *Psychozigarette*. Samuel versuchte seit Wochen von den Glimmstängeln loszukommen. Seine neueste Taktik war die der direkten Konfrontation mit dem vermeintlichen Übel. Er hatte stets Tabak bei sich und ständig klemmte ihm eine Zigarette hinter dem Ohr oder zwischen den Fingern

„Natürlich gibt es Kameras, im äußeren Eingangsbereich, im Foyer, in der Bar sowie in allen Fluren. Wir haben die Aufzeichnungen durchforstet - ohne Erfolg. Unsere Tote lässt sich darauf nirgends blicken. Also totale Fehlanzeige!"

„Aber irgendwie muss sie ja ins Gebäude gekommen sein", überlegte Julie und fügte hinzu: „Samuel, kannst du einen Plan vom Gebäude besorgen? Ich will mir alle Ein- und Ausgänge genauer ansehen. Kam etwas bei der Befragung der Hotelgäste heraus?"

Samuel schüttelte den Kopf. „Nichts. Keiner hat sie auf dem Foto, das wir gemacht haben, wiedererkannt. Das muss nichts bedeuten, da es einen Unterschied macht, ob man jemanden tot oder lebendig sieht, aber auch die Beschreibung der Kleider hat keine Treffer gebracht. Niemand hat sie gesehen. Keiner im Hotel weiß, wer sie ist. Wir haben ein mausetotes Phantom!"

Julie trank ihre Tasse leer und winkte den Kellner herbei, um Nachschub zu bestellen. Lisa und Samuel signalisierten ihr mit einem Kopfnicken, dass auch sie noch eine Ladung Koffein vertragen könnten.

„Auch bei mir gibt es nichts Neues", berichtete Lisa resigniert. „Ich bin alle Vermisstenmeldungen der letzten Wochen und Monate durchgegangen, aber habe keine gefunden, die auf unsere Tote passen könnten."

„*Merde*!" Julie schlang die Finger ineinander und dachte angestrengt nach.

„Lasst uns einfach mal ziellos brainstormen. Was fällt euch ein, wenn ihr an den Fall denkt?"

„Sie war schick angezogen", begann Lisa und Julie fügte hinzu: „Und sie trug echten Goldschmuck. Wir können also davon ausgehen, dass sie nicht aus den ärmsten Verhältnissen kommt. Dafür spricht auch das Luxushotel, in dem wir sie gefunden haben."

„Stopp!", unterbrach sie Samuel. „Das finde ich nicht schlüssig. Immerhin war sie quasi als ‚blinder Passagier' im Hotel - sie hat sich weder registriert noch hat sie für ihren Aufenthalt gezahlt. Das klingt eher nach einer Kriminellen."

Der Kaffee kam.

„Wie wollen wir nun weiter vorgehen? Wir haben nichts in der Hand, womit wir arbeiten können. Und in einer halben Stunde beginnt die Pressekonferenz. Die Reporter sind schon ganz scharf darauf, mehr über den Mord zu erfahren. Gestern Nachmittag stand mein Telefon nicht mehr still." Lisa sah ihre beiden Kollegen stirnrunzelnd an.

„Ich denke", entgegnete Julie, „dass wir erst einmal die Obduktion abwarten sollten. Moulin wollte im Laufe des Tages erste Ergebnisse mitteilen. Vielleicht bekommen wir dadurch mehr Informationen zu ihr oder zu der Person, die sie auf dem Gewissen hat. Wir müssen sorgsam mit dem Wenigen, das wir haben, umgehen, und nicht zu viel an die Presse herausgeben. Wir geben uns bedeckt und füttern sie mit leeren Standardaussagen. Trotzdem dürfen wir nicht zu abweisend sein. Sollte sich die Identität nicht bald klären, müssen wir wohl oder übel die Hilfe der Pressemeute in Anspruch nehmen. Vielleicht hilft es, die Öffentlichkeit bei der Suche nach ihrer Identität mit einzubeziehen. Ich bin zwar kein Fan davon, aber ich verspreche mir doch Ermittlungserfolge dadurch."

Samuels Handy, das auf dem Tisch lag, blinkte. Eine Nachricht war angekommen. Der Absender ließ sie für einen Moment zusammenfahren: Yanick.

Samuel, der ihre Reaktion bemerkt hatte, schnappte sich schnell das Handy und sah sie forschend an.

„Möchtest du wissen, wie es ihm geht?"

Julie schluckte. Seit Yanicks Abgang im letzten Sommer hatten sie keinen Kontakt mehr gehabt. Sie vermisste ihn. Und sie wollte wissen, wie es ihm im fernen Süden erging. Daher nickte sie wortlos. Samuel öffnete die Nachricht, lächelte kurz und las dann vor: „Hey Samuel, cool, dass du dich meldest. Mir geht's prima. Hoffe, du kommst in der Weiberwirtschaft gut zurecht. Lass wieder von dir hören! Yanick!"

Weiberwirtschaft. Julie musste unwillkürlich lächeln. Es war sicher nicht immer einfach für Yanick gewesen, Tag für Tag mit zwei Frauen zusammen zu arbeiten, noch dazu mit welchen, die ausgesprochen dickköpfig sein konnten. Er war wirklich ein toller Partner gewesen. Und der beste

Freund, den sie sich hatte wünschen können. Tempi passati. Nun saß Samuel neben ihr, die kalte Zigarette zwischen den Fingern, und eigentlich musste sie zugeben, dass er gar nicht so schlimm war, wie sie es am Anfang befürchtet hatte. In manchen Momenten tat es ihr sogar leid, dass sie ihn zu Beginn so abweisend und gehässig behandelt hatte. Sie hatte es ihm wirklich nicht leicht gemacht.

„Auf geht's! Lasst uns ins Kommissariat fahren! Wir haben eine Menge zu tun!"

***

Die Autos brausten mit hoher Geschwindigkeit an dem kleinen Parkplatz vorbei. Obwohl er gut geschützt hinter hohen Bäumen lag und von der Autobahn aus nicht einsehbar war, dröhnte ihm der Motorenlärm in den Ohren. Es war kurz vor zwei. Er war pünktlich. Überpünktlich. Er schaltete das Autoradio ein und zündete sich eine Zigarette an. Gerade berichtete die Nachrichtensprecherin darüber. Er drehte lauter und lauschte:

...handelt es sich der leitenden Ermittlerin, commissaire Julie Roche zufolge um eine Frau Anfang bis Mitte Zwanzig, die in einer Suite im angesehenen Hôtel de la Plage tot aufgefunden wurde. Zur Todesursache sowie weiteren kriminalistischen Erkenntnissen wollte sich commissaire Roche noch nicht äußern. So wie es aussieht, tappt die Polizei noch voll im Dunklen. Mehr dazu in den Dreiuhrnachrichten. Und jetzt zum Wetter. Eine weitere Kaltwetterfront zieht von Norden über den Atlantik her auf...

Gerade als er das Radio wieder leiser schaltete, sah er im Rückspiegel ein ihm wohlbekanntes dunkles Auto auf den Parkplatz rollen. Es hielt direkt neben ihm, so nah, dass er die Autotür nicht mehr öffnen konnte. Das Fenster des Beifahrers war nun genau auf der Höhe seines Fensters. Er wartete ab, unschlüssig, was er tun sollte. Schließlich betätigte er den automatischen Fensteröffner und lehnte sich in die Kälte hinaus. Gleichzeitig fuhr auch das Beifahrerfenster hinab. Die Frau im Wagen begann sofort zu sprechen, noch bevor er etwas sagen konnte.

„Finde sie! Sie kann noch nicht weit sein. Bring das in Ordnung!"

Er setzte zu Erklärungen an, kam aber ins Stottern.

„Spar dir deine Rechtfertigungen! Finde sie und sorge dafür, dass sie nicht spricht! Du bist schuld an dem Desaster und du wirst es wieder ausbügeln. Sonst wird es dir leidtun!"

Bevor er reagieren konnte, wurde das Fenster wieder geschlossen und das andere Auto setzte sich in Bewegung.

Provence

Yanick warf seine Jacke auf den Sessel, der in der Diele stand und streifte sich seine Schuhe ab. Es war ein entspannter Tag gewesen. Ein paar kleine Diebstähle und ein Notruf, der sich als Schülerstreich herausgestellt hatte. Hier draußen auf dem Land gingen die Uhren langsamer. Eigentlich hatte er Samuels Posten in Marseille übernehmen sollen, war dann aber in das Städtchen Bartavelle versetzt worden und fühlte sich hier wohl. Anfangs hatte ihm das Klima zugesetzt, doch auch daran hatte er sich inzwischen gewöhnt. Das Haus, das er bewohnte, war ein hübsches Steinhaus, das etwas außerhalb des Ortes in den Hügeln lag. Zu Fuß brauchte er aber nur zehn Minuten, bis er im Zentrum und in der Bar *Chez Philippe* war. Das Haus war zwar nicht groß, reichte aber für ihn völlig aus. Umso großzügiger war der Garten, der komplett eingewachsen war und Yanick einen wunderschönen Rückzugsort bot. War er in Saint-Malo gesellig und oft nach der Arbeit noch unterwegs gewesen, so genoss er es hier, allein zu sein, zu lesen oder einfach nur nachzudenken. Wenn er das Bedürfnis zu reden hatte, ging er zu Philippe in die Bar oder er erzählte seinen Hund Gigi von seinen Ideen und Gedanken.

Die Sonne war bereits hinter den Hügeln verschwunden und im Wohnzimmer wurde es dunkel. Er schaltete das Licht ein und kniete sich vor den offenen Kamin, um ein Feuer anzuzünden, die einzige Wärmequelle im ganzen Haus. Seit einigen Wochen spielte er mit dem Gedanken, das Haus zu renovieren. Anfangs war er sich nicht sicher gewesen, wie lange er bleiben würde, aber wenn er ehrlich zu sich war, musste er sich eingestehen, dass er sich vorstellen konnte, hier alt zu werden. Das Haus war perfekt für ihn und mit etwas handwerklichem Geschick würde er es noch etwas aufpolieren. Dank Gigi fühlte er sich selten einsam und das Wetter konnte einen zusätzlich überzeugen. Er dachte an die Nachrichten, die er gestern bei Philippe in der Bar gesehen hatte, und stellte sich den armen, sonnenverwöhnten Samuel in dieser Eiseskälte vor. Er hatte ihm in der Früh geschrieben und freute sich schon auf eine Antwort. In der kurzen Zeit, die sie in Saint-Malo zusammengearbeitet hatten, war ihm der smarte Provenzale durchaus ans Herz gewachsen und er war ihm dankbar gewesen für die Möglichkeit des Ortswechsels. Samuel hatte ihm gesagt, dass er im Januar plane nach Marseille zu kommen und Yanick freute sich schon sehr darauf, ihn wiederzusehen. Wie es wohl Julie ging? Sie hatte den südfranzösischen Kollegen nie akzeptiert. Ob sie sich inzwischen zusammengerissen und der Zusammenarbeit eine Chance gegeben hatte? Yanick zweifelte daran.

Er ging in die Küche und öffnete den Kühlschrank. Er hatte vergessen einzukaufen, deshalb musste er sich heute mit etwas Käse, Oliven und Baguette zufriedengeben. Dazu ein Glas von dem roten Landwein. Er atmete entspannt durch. Er war das erste Mal seit langer Zeit zufrieden mit seinem Leben.

***

Sie hatte sich erst raus gewagt, als es bereits dämmerte. Auf den Schultern trug sie einen kleinen Rucksack, den sie in der *ferme* gefunden hatte. Die Kapuze hatte sie weit ins Gesicht gezogen. Es war kalt und sie zitterte am ganzen Körper. Ein eisiger Wind peitschte über die Klippen, als sie den ausgetretenen Pfad zum Dorf entlang marschierte. Die ganze letzte Nacht war sie wachgelegen und hatte sich überlegt, wohin sie gehen könnte. Die *ferme* war nur eine Zwischenlösung. Früher oder später würde Mariannes Familie hierherkommen und sie finden. Auch im Dorf würde es irgendwann auffallen, dass eine Fremde dort wohnte. Die Menschen würden Fragen stellen und vielleicht sogar die Besitzer anrufen. Dann würde sie auffliegen. Ihr Plan war es, zu Kräften zu kommen und dann auf dem schnellsten Wege weiterzuziehen. Sie hatte auch schon eine Idee, wohin sie gehen würde. Dort würde sie ein neues Leben anfangen.

Ihr Blick wanderte zu den steilen Klippen, die ins Meer fielen. Der starke Wind peitschte die Wellen auf. Salzböen fegten über das Heideland. Nach einer guten halben Stunde Fußmarsch erreichte sie das Dorf. Es bestand aus wenigen Häusern. Einige davon waren pittoresk anzusehen. Sie waren aus rohem Granitstein errichtet und ihre Besitzer hatten die Fensterläden in bunten Farben gestrichen.

Zielsicher steuerte Morgane den einzigen Lebensmittelladen, eine kleine *supérette*, an. Erleichtert atmete sie auf. Außer ihr befanden sich nur zwei weitere Kunden sowie die desinteressiert in einer Zeitung blätternde Verkäuferin darin. Morgane schnappte sich einen Korb und überlegte fieberhaft, was sie alles benötigte. Sie wollte nicht zu oft ins Dorf laufen müssen. Sie suchte die Regalreihe mit Konserven und stapelte Konservendosen mit Bohnen, Erbsen und Fertigeintopf im Einkaufskorb. Dann legte sie noch Teebeutel und einige Tafeln Schokolade dazu. Als sie zur Kasse abbiegen wollte, stieß sie gegen einen Turm, der aus Kichererbsendosen aufgestapelt war und als Sonderangebot gepriesen wurde. Mit einem lauten Krachen und Scheppern fielen die Dosen herunter.

„*Merde*", entfuhr es Morgane. War es nicht ihr höchstes Ziel, unerkannt zu bleiben? Das hatte sie mit dieser tollpatschigen Aktion kaputtgemacht. Schon eilte die Kassiererin herbei und begann unter Meckern und Schimpfen die Dosen wieder aufeinanderstapeln. Morganes Versuche zu helfen und ihre leise gestammelten Entschuldigungen wurden nur mit einem giftigen Blick quittiert.

Als der Dosenturm wieder stand, eilte Morgane mit gesenktem Kopf zur Kasse. Die Verkäuferin trottete, immer noch vor sich her schimpfend, hinter ihr her. Nachdem sie gezahlt hatte, verließ Morgane in Windeseile den Laden und hetzte die kleine Gasse entlang. Als sie am Rande des Dorfes angelangt war, atmete sie erst mal erleichtert auf. Sie hatte auf der Straße niemanden getroffen. Das war gut. Den kleinen Ausrutscher würde die alte Verkäuferin hoffentlich bald vergessen haben. Morgane ärgerte sich. Doch nun war es zu spät. Was halfen ihr Selbstvorwürfe, wenn sie doch nicht ändern konnte, was geschehen war. Langsam stieg sie den Pfad hinauf, der sie auf die Klippen und durch das Heideland zu ihrer vorübergehenden Bleibe brachte. Sie brauchte einen schnellen Plan. Sie musste weg von hier.

Kapital 4

Bretagne

Musik kam leise aus den Lautsprecherboxen, die an der Wand hingen. Juliette schenkte sich eine Tasse dampfenden Kaffee ein, ließ zwei Löffel Zucker hineinrieseln und schüttet schließlich etwas Magermilch dazu. Dann setzte sie sich an den Küchentisch und trank das heiße Gebräu in kleinen Schlucken. Draußen wehte ein heftiger Wind. Wie gerne wäre sie einfach zu Hause geblieben, hätte sich in ihr warmes Bett gekuschelt und den Tag so einfach verschlafen. Aber das ging leider nicht. Auf sie wartete heute viel Arbeit. In der Bibliothek war sie mit einigen Kommilitonen zum Lernen verabredet. Die Zwischenprüfungen standen an und sie hatte bisher noch nicht viel dafür gelernt. Vielmehr genoss sie in vollen Zügen das Studentenleben. Ein Lächeln huschte über ihr Gesicht. Erst gestern war sie wieder auf einer Party gewesen, die bis in die Morgenstunden gedauert hatte. Gegen drei Uhr hatte sie sich dort losgerissen, eingedenk der Tatsache, dass sie um neun Uhr zum Lernen verabredet war. Und sie musste die Zwischenprüfung bestehen, sonst würden ihre Eltern sie nicht länger unterstützen. Schließlich war es schon der zweite Versuch. Ihre Augen glitten über die Wand, wo viele gerahmte Bilder hingen, die sie mit Freunden und Studienkollegen beim Feiern oder im Urlaub zeigten. Dabei blieb ihr Blick an einem hängen, dass sie zusammen mit zwei anderen Frauen zeigte. Kurzerhand zog sie ihr Handy aus der Tasche und wählte eine Nummer - erfolglos. Sie hinterließ eine kurze Nachricht auf dem Anrufbeantworter, so wie sie es in den letzten Tagen schon mehrfach gemacht hatte, und legte dann wieder auf. Hatte sie etwas falsch gemacht? Waren ihre beiden besten Freundinnen aus einem ihr unbekannten Grund wütend auf sie? Sie war sich keiner Schuld bewusst

Sie stand auf und schenkte sich noch eine Tasse Kaffee ein. Vielleicht würde sie ihnen heute kurzerhand einen Besuch abstatten. Sie hasste es, wenn unausgesprochene Dinge zwischen ihnen standen. Sie würde das heute endgültig klären und im Anschluss würde sie ihre Freundinnen zu einem Bier einladen.

...gibt es immer noch keine Hinweise zu der toten Frau, die in einem Luxushotel an der Küste gefunden wurde..., vernahm sie leise die Stimme des Radiosprechers, der gerade die aktuellen Nachrichten vorlas, als es an der Tür klingelte. Erstaunt blickte sie auf die Tür. Wer kam denn so früh zu Besuch? Die meisten ihrer Freunde lagen jetzt entweder noch im Bett oder saßen schon im Hörsaal und lauschten irgendeiner langweiligen Vorlesung. Juliette erhob sich und ging an die Tür.

Sicher war es wieder die alte Frau von nebenan.

In dem Moment, als sie die Klinke herunterdrückte, wurde die Tür mit einem kräftigen Stoß von außen geöffnet, so dass es sie nach hinten schleuderte. Hart schlug sie mit dem Kopf auf den Kachelboden. Bevor sie ihren Angreifer erkennen konnte, wurde ihr schon schwarz vor den Augen.

***

Der Weg war beschwerlich, da er stetig bergan führte und man dauernd auf lockeren Steinen ausrutschte. Er hatte das Auto in dem kleinen Dorf vor dem Lebensmittelgeschäft geparkt, hatte die Verkäuferin, die vor dem Laden auf einem Klappstuhl saß und rauchte, nach dem Weg gefragt, und war dann zielstrebig losmarschiert. Er hatte keinen wirklichen Plan, zuerst musste er das Gelände erkunden, sehen, wo sie sich versteckt hielt, und dann zum gegebenen Zeitpunkt zuschlagen. Er war bestimmt schon seit zwanzig Minuten unterwegs und seine Füße schmerzten bereits. Er fluchte leise vor sich hin. Nachdem er die Daten aus dem Handy ausgewertet hatte, war ihm die alte *ferme,* ein Feriendomizil, über das sich die Frauen in Mails öfters ausgetauscht hatten, als Versteck am plausibelsten erschienen. Es war nicht schwer gewesen, ihren Standort zu ermitteln. Und nun war er hier. Planlos, aber fest entschlossen, diesen Albtraum zu einem schnellen Ende zu bringen. Er hatte sie in dieses Schlamassel geritten und er würde es wieder geradebiegen.

Endlich hatte er die Hochebene erreicht und blieb für einen kurzen Moment stehen, um durchzuatmen. Die Sonne senkte sich gerade über dem Meer und tauchte alles in ein rötliches Licht. Kurzerhand zog er sein Handy hervor und machte eine Aufnahme von der beeindruckenden Naturkulisse, die sich ihm darbot. Irgendwann, wenn das alles vorbei war, würde er mit ihr wieder hierherkommen und ihr diesen wunderschönen Fleck Erde zeigen.

Entschlossen packte er sein Telefon wieder ein und lief weiter. Der Weg war nur noch ein schmaler Pfad, doch wenigstens ging es nicht mehr bergauf. In einiger Entfernung entdeckte er plötzlich die *ferme*. Das kleine Steinhäuschen lag pittoresk im Moor mit einem atemberaubenden Blick auf die Klippen und das Meer. Langsam und bemüht, kein Geräusch zu machen, schlich er näher heran. Hinter einem bemoosten Stein suchte er Schutz. Wie sollte er weiter vorgehen? Schnell machte er einige Aufnahmen vom Gebäude und der Umgebung. Wenn er nachts wiederkam und es finster sein würde, könnte er sich damit besser orientieren. Plötzlich sah er, wie im ersten Stock energisch ein Fensterladen aufgestoßen wurde. Eine ältere Dame lehnte sich heraus und sah genau zu ihm hinunter.

***

Laure hielt inne und starrte angestrengt nach unten. War da nicht etwas gewesen? Eine Bewegung? Ein Aufblitzen?

Sie kniff die Augen zusammen und versuchte etwas zu erkennen. Leise fluchte sie über ihre schlechten Augen.

Lesen – das ging noch, aber in die Weite sah sie so gut wie nichts mehr. Ihr Hausarzt hatte ihr von irgendwelchen neuartigen Lasermethoden erzählt, mit denen man die Sehfähigkeit verbessern könnte, aber was sollte ihr das nützen? Sie war alt und ihre Tage auf dieser Welt waren gezählt. Eine Augenoperation kam für sie nicht in Frage. Sie zuckte mit den Schultern und schloss das Fenster.

Als heute Früh der Anruf von *madame* Rousse gekommen war, hatte sie sich sogleich auf den Weg gemacht. Die Dame hatte angekündigt, noch zum Ende der Woche anzureisen und hatte darum gebeten, das Haus in Ordnung zu bringen und dafür zu sorgen, dass der Kühlschrank gefüllt war. So war die gute, alte Laure losgeeilt, hatte den Einkaufskorb mit Leckereien im Supermarkt gefüllt und war dann den weiten Weg über die Klippen und das Moor zum Ferienhaus der Familie Rousse gelaufen, um alles vorzubereiten. Erstaunt hatte sie festgestellt, dass auf dem Fußboden im Eingangsbereich allerhand Schmutz lag. Auch der Ofen sah aus, als sei er lange nicht mehr geputzt worden. Mit einem Seufzer hatte die alte Frau mit dem Reinemachen begonnen.

Sie kannte die Familie bereits seit Jahrzehnten. Schon die *madame* war als Kind mit ihren Eltern hier im Urlaub gewesen. Später war sie dann mit ihrer reizenden kleinen Familie wiedergekommen. Marianne, ihre Tochter, studierte inzwischen, sie hatte Laure schon seit einigen Jahren nicht mehr gesehen.

Als sie mit allem fertig, der Kühlschrank gefüllt und das Holz aufgefüllt war, verließ sie das Haus und sperrte es sorgfältig ab. Leise vor sich hin summend spazierte sie den Pfad durch das Hochmoor zurück.

Provence

Sie stieg aus dem Zug aus und wurde augenblicklich von einer Masse vorbeieilender Menschen verschluckt. Mit gesenktem Kopf schulterte Morgane ihr weniges Gepäck und lief durch die große Eingangshalle des Marseiller Bahnhofs. Draußen erwartete sie eine angenehme Wärme. Für einen kurzen Moment schloss sie die Augen und reckte ihr Gesicht zur Sonne. Im Vergleich zur eiskalten Bretagne fühlte es sich hier fast wie im Frühling an. Ein Taxi, das neben ihr hielt und sie laut anhupte, holte sie in die Wirklichkeit zurück. Der Taxifahrer gestikulierte wild in ihre Richtung. Sie schüttelte den Kopf und ging weg. Als erstes musste sie einen Platz zum Schlafen finden. Heute war es zu spät um noch weiter zu fahren. Sie musste sich ausruhen und Kräfte sammeln. Nach dem Vorfall gestern in der *supérette* hatte sie beschlossen, sogleich aufzubrechen. Im Schutz der Dunkelheit hatte sie ihr weniges Hab und Gut eingepackt und war den Pfad ins Dorf gelaufen. Dort hatte sie den Abendbus nach Saint-Malo genommen. Die Weiterreise hatte sich problematischer gestaltet. Aus Angst erkannt zu werden, hatte sie sich ein Käppi tief ins Gesicht gezogen. An einer Tankstelle hatte sie schließlich einen Lastwagenfahrer angesprochen, der sie mit nach Paris genommen hatte. Dort hatte sie mit ihrem letzten Geld ein TGV-Ticket nach Marseille erworben und war in der Früh sogleich losgefahren.

Sie kramte in ihrer Tasche und zog die letzten Münzen, die sie besaß, hervor. Für eine weitere Zugfahrt nach Les Arcs würde das Geld nicht mehr reichen. Sie musste trampen, was nie ohne Risiko war. Was, wenn jemand sie erkannte? Wenn man bereits auf ihre Spur gekommen war?

Mit Schrecken erinnerte sie sich an den Moment, als sie durch das Fenster die alte Frau gesehen hatte, wie sie auf die *ferme* zuging. Morgane hatte sie noch nie zuvor gesehen. Leise war sie durch die Hintertür entkommen und hatte einen gewaltigen Umweg gewählt, nur um nicht Gefahr zu laufen, auf dem Pfad entdeckt zu werden. Über Schleichwege war sie weit ins Hochmoor vorgedrungen, und hatte sich dabei die Füße wundgelaufen. Gleichzeitig hatte sie ständig ein Gedanke gequält: Was, wenn sie etwas vergessen hatte, das Hinweise zu ihr und ihren Plänen geben könnte? Wieder und wieder hatte sie ihre Reisetasche und ihre Jacke untersucht und überprüft, ob sie auch alles dabeihatte oder ob etwas fehlte. Mehrmals musste sie gegen den heftigen Drang ankämpfen umzudrehen, zum Haus zurück zu gehen, um dort eventuell Vergessenes zu suchen. Doch diesmal hatte ihre Vernunft gesiegt. Die Vernunft? Nein, es war vielmehr die panische Angst gewesen, die sie davon abgehalten hatte, zur *ferme* zurückzukehren. Die Angst davor, was sie dort vielleicht erwartete. Die Zugfahrt war zum Glück problemlos verlaufen. Jetzt war sie also in Marseille gelandet.

Sie überquerte die stark befahrene Straße und wählte ein ruhiges Nebengässchen. Über ein kleines Mäuerchen konnte sie in einen Innenhof blicken. Darin standen Mülltonnen und ein Schuppen, in dem wohl Gerätschaften des Hausmeisters abgelegt waren. Kurzerhand kletterte sie über die Mauer und begutachtete den Schuppen. Er war nicht abgesperrt. Sie hatte einen Schlafplatz für die Nacht gefunden. Gleich morgen früh mit den ersten Sonnenstrahlen würde sie sich auf den Weg ins Hinterland machen. Dort würde sie sicher sein.

Bretagne

Julie war an diesem Morgen mit einem ungewohnten Gefühl erwacht. Spürte sie sonst seit Jahren ab dem Moment, an dem sie ihre Augen morgens aufschlug, einen Druck, der auf ihrer Brust lastete, hatte sie sich heute überraschenderweise entspannt gefühlt. Beinahe erstaunt über diese Empfindung war sie aus dem Bett gesprungen und gut gelaunt unter die Dusche gehüpft. Nun saß sie in ihrer Küche, trank eine Tasse Kaffee und rauchte eine Zigarette. Sie dachte dabei an Samuel, der so erbittert dem Nikotin den Kampf angesagt hatte und bisher standhaft geblieben war. Ein bisschen bewunderte sie ihn dafür. Ihr selbst war dies nie gelungen. Insgeheim hatte sie immer gedacht, dass sie irgendwann Mutter werden würde und sich ihr ungesunder Lebenswandel so von alleine in Luft auflösen würde. Weit gefehlt. Zuerst war ihre Karriere als Kommissarin ihr Lebensmittelpunkt gewesen und jetzt erntete sie die bitteren Früchte dieses Ehrgeizes. Ihr Ehemann Frank, ein erfolgreicher Wissenschaftler und Dozent, hatte sie kurzer Hand verlassen, als er eine neue, jüngere Frau gefunden hatte, die nicht nur an ihren Job dachte. Inzwischen war er wieder verheiratet und die beiden hatten ein Kind bekommen. Julie war immer noch alleine. Anfangs hatte sie Frank für diesen Vertrauensbruch gehasst und ihm alle Schuld am Scheitern ihrer Ehe zugeschoben. Inzwischen, mit der Zeit, hatte sie eingesehen, dass sie selber einen gewaltigen Teil zu diesem unglücklichen Ende beigetragen hatte. Nun lag es an ihr, ihr Leben in neue Bahnen zu lenken. Und sie war auf dem richtigen Weg. Nur das Rauchen musste sie noch in den Griff bekommen. Sie klopfte die Asche ihrer Zigarette in eine alte henkellose Cidretasse, die ihr als Aschenbecher diente, und zog die Akte zum aktuellen Fall aus ihrer Handtasche. Weit waren sie noch nicht gekommen. Sie hatten eine tote Frau, deren Identität sie nicht kannten. Auch über den Tatort, das Luxushotel, hatten sie keine Erkenntnisse. Die Befragung der Hoteldirektion sowie der ganzen Belegschaft hatte nichts gebracht. Keiner wusste, wer die Tote war. Niemand hatte gesehen, wie oder mit wem sie das Hotel betreten hatte. Sie war wie ein Phantom.

Julie seufzte und trank einen Schluck von ihrem Kaffee. Irgendetwas mussten sie übersehen haben. Plötzlich klingelte ihr Handy. Samuels Name stand auf dem Display.

„Julie, kommst du bitte sofort ins Büro? Wir haben hier einen jungen Mann sitzen, der behauptet, seine Freundin sei verschwunden!"

Sofort klingelten alle Alarmglocken in Julies Kopf. Eine Frau war tot und eine andere verschwunden. Sie flehte inständig, dass die beiden Fälle nichts miteinander zu tun hatten.

Provence

Der Tag hatte so ruhig und entspannt angefangen, wie auch alle seine Arbeitstage in Bartavelle zuvor. Yanick war früh aufgestanden und hatte sich ein ausführliches Frühstück *Chez Philippe* gegönnt. Dann war er, die Tageszeitung unter dem Arm, gemütlich in sein Büro gelaufen. Das kleine Kommissariat war um diese Uhrzeit noch nicht besetzt. Yanick genoss die ruhigen Morgen, an denen er an seinem Schreibtisch saß und Bürokram abarbeitete. Sein früheres Leben war hektischer gewesen. Hier in Bartavelle passierte nur wenig. Gelegentlich gab es Einbrüche, die auf seinem Schreibtisch landeten. Aber jetzt, im Winter, war es ruhig in dem kleinen Ort. Auf dem Anrufbeantworter des Diensttelefons hatte *madame* Rue mit zittriger Stimme eine Nachricht hinterlassen, dass ihre Katze Mimi schon wieder verschwunden sei. Yanick lächelte. Die alte Dame rief regelmäßig auf der Suche nach ihrem Kätzchen bei ihnen an. Das Tier kehrte gewöhnlich von alleine zurück nach Hause, aber Yanick vermutete, dass *madame* Rue so Gesprächspartner zu finden hoffte. Zumeist sprach sie den Anrufbeantworter voll und erzählte, nachdem sie Mimis Verschwinden beklagt hatte, allerlei Tratsch, den sie im Dorf aufgeschnappt hatte. Meist wurde sie dann mitten im Satz unterbrochen, wenn die Sprachaufzeichnung endete. Yanick hatte sich schon oft vorgenommen, seinen Freund Philippe, der wirklich jeden im Dorf kannte, zu fragen, ob er ihm mehr über die alte Dame erzählen konnte. Gab es Verwandte oder war sie ganz auf sich alleine gestellt? Er beschloss, sogleich in die Bar zu gehen und Philippe zu fragen.

Die Tür ging auf und Mathis Choucroute, sein Chef, betrat den Raum. Er war kleiner als Yanick, hatte dafür aber einen beachtlichen Bauch, der, so empfand es zumindest Yanick, von Monat zu Monat etwas an Umfang hinzugewann. Sein rundes Gesicht war meist rot angelaufen, und seinen kahlen Kopf schmückte nur noch ein Haarkranz, der aber beständig schütterer zu werden schien.

„Yanick, *bonjour*", begrüßte er seinen *sous-commisaire* freundlich und ließ sich mit einem Ächzen auf den Bürostuhl hinter seinen Schreibtisch fallen.

„Toller Tag heute, was? Blauer Himmel und kein einziges Wölkchen zu sehen. Mittags soll es richtig warm werden. Ich habe uns bereits bei Bernard zum Mittagessen angekündigt. Heute serviert er *andouillettes* mit *ratatouille* als *plat du jour*."

Yanick verzog das Gesicht. An diese streng riechenden Würste, die aus Innereien bestanden, hatte er sich bisher noch nicht gewöhnen können. Für ihn rochen sie so, wie wenn ein Kanal im Hochsommer überlief. Das hatte er seinem Chef auch schon gesagt, aber der ließ dieses Argument nicht gelten. Ging es nach ihm, gab es nichts Besseres, und so ließ er sich es nicht nehmen, Woche für Woche die Bars und Lokale in Bartavelle zu ermitteln, die das Gericht anboten, und dort für sich und sein Team einen Tisch zu bestellen. Yanick war froh, dass heute Bernards kleine Bar ihr Ziel war. Der sympathische Gastronom und Jäger wusste von Yanicks Abneigung gegen diese Speise und brachte ihm einfach immer die hausgemachte *daube,* einen provenzalischen Eintopf. Meist bemerkte Mathis das gar nicht, oder aber er nahm es kommentarlos zur Kenntnis.

„Ist Clara noch gar nicht da?", fragte der gerade erstaunt. Yanick schüttelte den Kopf. Clara, eine junge Frau aus dem Dorf, unterstütze das kleine Kommissariat bei allen anfallenden Büroarbeiten. Sie war eine hübsche, bescheidene junge Frau, die noch bei ihren Eltern auf einer kleinen Olivenfarm lebte und dort kräftig mitarbeiten musste. Yanick hatte sich schon öfters gefragt, wie sie all die Arbeit zuhause und im Büro stemmte, aber sie hatte immer ein Lächeln im Gesicht und war guter Dinge.

„Vermutlich muss sie ihren Eltern noch im Garten helfen. Sie wird sicher bald hier sein. Was steht heute auf dem Plan?"

Mathis zuckte mit den Schultern.

„Nichts Außergewöhnliches. Wir haben keine aktuellen Fälle. Bartavelle befindet sich wohl im Winterschlaf. Ich würde vorschlagen, wir beginnen den Tag mit einem *café au lait* bei Philippe. Einverstanden?"

Yanick nickte zustimmend.

„Das hatte ich ohnehin vor."

Der Weg zur Bar führte sie ein steiles Gässchen hinab. Ihr Büro war in einem alten Verwaltungsgebäude untergebracht, das sich an einem pittoresken Platz im oberen Teil des Städtchens befand. Dort waren fast ausschließlich Wohnhäuser und keine Bars oder Geschäfte. Die befanden sich alle im *centre du village*, das sich um einen großen, mit hellen Steinplatten gepflasterten Marktplatz gruppierte.

Yanick ließ seinen Blick über die malerischen Hausfronten gleiten. Aus den Fenstern hing bunte Wäsche und durch so manches Küchenfenster beobachteten Katzen, was draußen alles vor sich ging. Am Ende der Gasse gelangten sie auf den großen Platz. Die Besitzer der vielen Bars und kleinen Restaurants stellten gerade Tische und Stühle vor ihren Lokalen auf und bereiteten sich auf den Arbeitstag vor. Da das Wetter schön zu werden versprach, hofften sie auf gutes Geschäft. Der Dorfbrunnen plätscherte leise vor sich hin.

„Bonjour Mathis, mon amour!", rief eine dickliche Frau in einer geblümten Schürze, die gerade eine Holzleiter vor ihren Laden stellte. Sie hatte ihr blondgefärbtes Haar zu einem Berg aufgetürmt und mit bunten Spangen festgesteckt.

„Marelie, ma belle", begrüßte Mathis seine Frau. „Yanick und ich trinken einen schnellen Kaffee. Ich wünsche dir ein gutes Geschäft!" Marelie winkte den beiden nochmals zu, bevor sie in ihrem Haushaltswarengeschäft verschwand.

Bei Philippe war die Terrasse bereits gut besetzt, so dass die beiden Polizisten beschlossen, sich an die Theke zu stellen. Sogleich brachte Philippe ihnen Kaffee und schob ein Körbchen mit frisch aufgebackenen Croissants zu ihnen hinüber.

„Weil du heute nicht deine eigenen dabei hast", sagte er zu Yanick gewandt mit einem Zwinkern. Er sah heute sehr gut aus. Anstelle der löchrigen Jeans trug er ein sauberes weißes Hemd. Die Haare hatte er mit Gel zurückgekämmt und sein sonst eher wild abstehender Bart war getrimmt.

„Philippe", sagte Yanick und musterte seinen Freund. „Hast du heute eine Verabredung mit einer schönen Frau?"

„Schön wäre es", antwortete dieser. „Ich muss nach Toulon auf eine Fortbildung für junge Unternehmer. Wie du weißt habe ich die Bar vom alten Guillaume übernommen. Zwar bringe ich das nötige gastronomische Knowhow mit, aber von Buchhaltung habe ich keine Ahnung. Darum fahre ich auf diesen zweitägigen Workshop." Er zuckte mit den Schultern und wischte mit einem Lumpen den Tresen ab.

„Ja, ja", philosophierte Mathis vor sich hin. „Früher war alles einfacher. Da musste man sich nicht ständig mit Zahlen und Ämtern herumschlagen und konnte sich auf einen guten Service konzentrieren. Ich möchte heutzutage nicht mehr jung sein und neu anfangen müssen!"

Yanick winkte ab.

„Ich finde es gut, dass du das machst Philippe. So ein Laden will professionell geführt werden. Gerade im Sommer werden dich die Touristen hier überlaufen. Dann wirst du dankbar für diese Fortbildung sein. Übrigens - die Croissants sind hervorragend, gibt es noch mehr?"

Bretagne

„Juliette Martin ist vierundzwanzig Jahre alt, Studentin der Medizin und gebürtige Bretonin. Sie wohnt alleine in einer kleinen Wohnung in einem Vorort von Rennes. Ihr Freund, Sébastien Blanche, hat sie als vermisst gemeldet. Er sitzt nebenan im Besprechungszimmer!"

Lisa klappte die kleine Akte zu, aus der sie vorgelesen hatte, und begleitete Julie und Samuel zu *monsieur* Blanche.

Der junge Mann saß angespannt an einem runden Tisch und klopfte nervös mit den Fingerspitzen auf die Tischplatte.

„*Monsieur* Blanche, danke, dass Sie auf mich gewartet haben. Mein Name ist *commissaire* Julie Roche. Bitte erzählen Sie, wann Sie Ihre Freundin zuletzt gesehen haben."

Blanche setzte sich aufrecht hin und schlang die Finger ineinander. Er atmete tief durch.

„Julie und ich waren gestern Abend zum Essen verabredet. Wir wollten unseren Jahrestag feiern. Als sie nicht kam, habe ich mehrfach versucht sie anzurufen, aber sie ging weder ans Handy noch ans Festnetz. Dann habe ich einen Ihrer Kommilitonen angerufen, da ich wusste, dass sie mit ihm zum Lernen verabredet war. Heute finden die Zwischenprüfungen statt und für Juliette ist es schon der zweite Anlauf. Daher hat sie wie verrückt gelernt. Zu dem Lerntreff ist sie allerdings nicht erschienen. Ihr Studienkollege hat mir erzählt, dass sie sich in der Früh nochmals gemeldet und ihr Kommen bestätigt hatte. Deswegen habe ich mir richtig Sorgen gemacht und bin schließlich zu ihr nach Hause gefahren. Ich habe einen Schlüssel, aber dort war sie auch nicht."

„Welchen Eindruck hatten Sie von der Wohnung?", hakte Julie nach. Der Mann zuckte mit den Schultern.

„Alles war wie immer. Die Wohnungstür war verschlossen. Allerdings stand in der Küche eine Tasse, in der noch etwas Kaffee war. Ihr Geldbeutel und der Schlüsselbund lagen daneben. Es kam mir sonderbar vor, dass sie weggegangen ist, ohne die Wohnungsschlüssel mitzunehmen."

Julie nickte. Das hörte sich nicht gut an.

„Wann haben Sie Ihre Freundin zum letzten Mal gesehen oder gesprochen?"

Blanche dachte nach.

„Das war vorgestern. Wir haben uns auf einen Kaffee in der Mensa getroffen, und haben dort unseren Jahrestag geplant. Sie war so gut gelaunt und freute sich auf das Essen. Ich kann mir nicht vorstellen, dass sie einfach abgehauen ist und mich verlassen hat. Wir waren glücklich."

Julie nickte Lisa zu. Die Leiche und Juliette Martin war nicht ein und dieselbe Person. Das war nun sicher. Während Sébastien Blanche und Juliette Martin in der Mensa waren, hatte die Tote bereits bei Dr. Moulin in der Leichenhalle gelegen.

„*Monsieur* Blanche, wir danken Ihnen für Ihr Kommen. Ein Kollege wird alle relevanten Daten aufnehmen und wir melden uns bei Ihnen. Vielen Dank!"

***

„Und was, wenn sie das zweite Opfer ist?"

Samuels Einwand war nicht von der Hand zu weisen.

„Da hast du Recht", stimmte ihm Julie zu. „Allerdings ist sie erst seit gestern Früh vermisst. Immerhin hatte sie da noch Handykontakt zu Kommilitonen. Wir müssen noch abwarten. Es sind gerade mal 24 Stunden."

Lisa schenkte allen Kaffee ein.

„Moulin hat den Obduktionsbericht geschickt. Der Schlag erfolgte mit einem stumpfen Gegenstand. Der Tod muss gegen Mitternacht eingetreten sein. Im Magen fanden sich einige Luxusspeisen: Kaviar, Räucherlachs. Außerdem hatte sie Alkohol im Blut."

Samuel breitete einen Lageplan auf dem Tisch aus.

„Ich habe mich um alle Zugänge zum Hotel gekümmert. Wie ihr ja schon wisst, kann sie unmöglich über den Haupteingang das Haus betreten haben, denn dann hätten wir sie auf den Kameras entdecken müssen. Es gibt mehrere Hintertüren, Lieferantenzugänge, die nur vom Personal genutzt werden. Diese sind allerdings auch kameragesichert. Der einzige Eingang, der nicht überwacht wird, findet sich am westlichen Flügel des Hauses. Dort geht es direkt in die Privaträume der Legrands."

„*Der* Legrands?", fragte Julie verwundert?

„Ja, es sind drei. Marlon Legrand hast du ja bereits kennengelernt. Er repräsentiert das Hotel als Direktor. Sein Bruder Malo leitet die Presseabteilung des Hotels. Dann gibt es noch Adèle. Sie ist die jüngste und ist für das Personal verantwortlich. Human Ressource nennt man das heute. Sie haben das Hotel von ihrem Vater geerbt, der vor vier Jahren verstarb. Alle drei Kinder wurden zu gleichberechtigten Erben. Sie sind in der Gastronomieszene sehr angesehen und gelten als äußerst professionell. Letztes Jahr hat das Hotel sogar einen internationalen Preis gewonnen, und sie waren bereits zweimal bretonische Jungunternehmer des Jahres. Also eine durchaus erfolgreiche Karriere, die die drei hingelegt haben."

„Komisch, dass wir sie nicht vor Ort getroffen haben?"

„Adèle ist auf Geschäftsreise, sie besucht momentan eine Tourismusmesse in Berlin. Und Malo hat Urlaub. Seltsamer Name übrigens!"

„Das ist ein alter bretonischer Männervorname. Hast du ihn noch nie gehört?"

Samuel schüttelte den Kopf.

„Gut, wir sollten zeitnah mit den beiden sprechen. Samuel, finde bitte heraus, wann sie wieder im Lande sind. Sonst können wir im Moment nicht viel tun, außer dass wir die Vermisstenanzeigen im Auge behalten."

***

Inès Soleil sah konzentriert die Anwesenheitsliste durch, die die Prüfungsaufsicht bei ihr abgegeben hatte. Mit der Spitze ihres Kugelschreibers überprüfte sie Name für Name mit den Anmeldungen, die ihr für die Zwischenprüfung vorlagen. In diesem Semester hatten viele Studenten daran teilgenommen. Zufrieden lächelte sie. Der Studiengang erfreute sich großer Beliebtheit. Sie hatte alle Anmeldungen, die die Studenten online durchführten, ausgedruckt und arbeitete sich nun durch den Stapel. Gewissenhaft hakte sie jeden Studenten ab, der auch tatsächlich an der Prüfung teilgenommen hatte. Sie hoffte, dass in diesem Semester die Durchfallquote gesunken war. Im vergangenen waren zu viele durchgefallen. Plötzlich stutze sie. Ihr Kugelschreiber fuhr nochmals die ganze Liste ab. Nein, sie hatte sich nicht getäuscht. Auch dieser Name fehlte. War es denn zu glauben?

Kurzentschlossen griff sie nach dem Telefonhörer und wählte eine kurze Durchwahl.

„*Professeur* Bertrand? Hier spricht Inès. Ich gehe gerade die Anwesenheitslisten der Zwischenprüfung durch und musste feststellen, dass *mademoiselle* Martin nicht daran teilgenommen hat. Ist das zu fassen? Hat sie Sie diesbezüglich kontaktiert?"

Der Professor am anderen Ende der Leitung schwieg erstaunt. Dann sagte er: „Das wundert mich tatsächlich. Schließlich war Juliette Martin mehrfach im Institut und hat verbissen für die Prüfung gelernt. Ich selbst habe sie des Öfteren in der Bibliothek sitzen sehen. Es hat sie getroffen, dass sie im letzten Semester knapp durchgefallen ist. Sie war mehrmals bei mir und ihrem Studientutor, um zu erfragen, was sie in diesem Jahr besser machen könne. Ich hatte wirklich das Gefühl, dass sie hundertprozentig dahinterstand. Das ist wirklich seltsam. Haben viele gefehlt?"

Inès blickte auf ihre Liste.

„Insgesamt haben drei Studentinnen den Prüfungstermin unentschuldigt verpasst. Aber nur *mademoiselle* Martin muss daraus Konsequenzen befürchten. Schließlich gilt sie nun erneut als durchgefallen."

Der Professor räusperte sich.

„Auch wenn ich das nur ungern tue, da ich sie als eine engagierte und intelligente junge Frau erlebt habe, aber wir müssen sie exmatrikulieren. Reichen Sie das bitte an die Studienverwaltung weiter, die werden sich darum kümmern." Mit diesen Worten legte er auf.

Yanick hatte den Tag in angenehmer Ruhe verbracht. Nach dem Frühstück waren er und Mathis in ihr Kommissariat zurückgekehrt, wo sie Büroarbeiten erledigt hatten. Mittags waren sie bei Bernard eingekehrt und hatten gut und ausreichend gespeist. Dazu hatte der provenzalische Wirt ihnen eine Flasche trockenen Rosé gereicht, der Yanick recht schnell in den Kopf gestiegen war. Seit er nicht mehr mit Julie zusammenarbeitete, war sein Alkoholkonsum massiv gesunken. Auch der Nachmittag blieb ereignislos. Er wollte gerade zusammenräumen und in seinen Feierabend starten, als die Tür aufgerissen wurde und Mathis' Frau Mariele aufgeregt ins Büro gestürmt kam.

„Mathis", rief sie ganz außer Atem und aus ihrem Haarturm lösten sich einige Strähnen und baumelten ihr vor den Augen.

„Meine liebe Mariele, was ist denn passiert?"

Erstaunlich schnell und wendig für seinen Umfang war Mathis aufgesprungen und zu seiner Frau geeilt. Nun hielt er sie im Arm und redete beruhigend auf sie ein. Es dauerte eine Weile, bis sie sich soweit beruhigt hatte, dass sie erzählen konnte.

„Ich habe nach dem Mittagessen bemerkt, dass der Pflanzendünger im Regal ausverkauft war. Deshalb habe ich nach Ladenschluss mein Moped genommen und bin zu unserem kleinen *cabanon* gefahren, wo ich alle Vorräte für den Laden lagere."

Sie blickte Yanick an und ergänzte erklärend: „Das Geschäftshaus, in dem sich mein Haushaltswarenladen befindet, ist nicht unterkellert. Daher muss ich alle Waren extern lagern. Hierfür hat mir mein lieber Mathis einen *cabanon*, ein kleines Steinhäuschen, in den Hügeln angemietet."

Sie lächelte ihren Mann an, der ihr die Wange tätschelte.

Sie holte tief Luft und berichtete weiter.

„Als ich dort ankam, sah ich, dass das Vorhängeschloss aufgebrochen war. Die Tür war nur angelehnt und ich habe auf den ersten Blick erkannt, dass eine Menge fehlte. Mathis, wer tut sowas?"

Der alte Kommissar zuckte mit den Schultern und sah Yanick an.

„Wir sollten da mal hochfahren und nachsehen. Mariele, Liebes, würdest du mir eine Liste erstellen, von allem, was fehlt? Das brauchen wir für die Versicherung. Los geht es! Wir sollten besser dort sein, bevor es dunkel wird!"

Sie nahmen Yanicks Renault. Sie fuhren zuerst über eine geteerte Straße, die sich einen Hügel östlich von Bartavelle hinaufwand. Dann zweigte ein schmaler Weg ab, der ins Hinterland führte. Yanick hatte allerhand zu tun, den vielen Ästen und Zweigen auszuweichen, die in den Weg hingen und den Lack seines Autos zu zerkratzen drohten. Es waren nur wenige Kilometer, aber die Fahrt dauerte lange, da er nur sehr langsam vorankam und dauernd Schlaglöcher oder große Wurzeln umfahren werden mussten.

Endlich kamen sie am *cabanon* an. Es war eine kleine, aus Stein erbaute Hütte mit einem Ziegeldach. An jeder Seite befand sich ein vergittertes Fenster. Yanick sah sofort, dass die Tür einen Spalt weit offenstand. Das Vorhängeschloss lag am Boden. Mathis und Mariele waren vorausgegangen und inspizierten bereits die Regale an den Wänden im Inneren der Hütte. Aufgeregt machte Mariele sich Notizen.

Mathis fasste zusammen:

„Es fehlt ein kleiner Campingkocher, sowie das Geschirr, das sich im Sommer immer so gut an die Campingurlauber verkauft. Außerdem vermissen wir Gartenhandschuhe, eine Sitzauflage für Sommerliegen, drei Fläschchen Desinfektionsmittel und eine Tube Handcreme. Mehr fehlt nicht. Da hat der Dieb aber keinen wertvollen Schatz erbeutet!"

„Ich bitte dich", fuhr Mariele erbost auf. „Das sind Sachen im Wert von gut 100 Euro. Ich werde das sofort an die Versicherung weiterleiten. Und du kümmerst dich bitte darum, dass die Hütte wieder gut verriegelt wird, nachdem die Spurensicherung da war."

Sie watschelte zurück zum Renault und setzte sich hinein.

„Spurensicherung?"

Yanick meinte sich verhört zu haben, aber Mathis winkte ab.

„Sie kann sich sehr in Dinge hineinsteigern. Denk dir nichts. Ich fahre sie jetzt nach Hause und koche ihr einen Fencheltee. Dann machen wir ein neues Schloss an die Tür und binden etwas polizeiliches Absperrband um die Hütte, so dass sie denkt, dass die Kollegen von der Spurensicherung da waren."

Er grinste verschmitzt. Auch Yanick musste lächeln. Mathis war ein schräger Vogel - wenn auch ein sehr liebenswerter.

Als sie ins Büro zurückkamen, wartete dort bereits ihre Bürokraft Clara auf sie.

„*Ma belle*. Warum bist du heute früh nicht zur Arbeit erschienen?", fragte Mathis sie erstaunt und etwas Tadel schwang in seiner Stimme mit.

Clara begann sich sogleich wortreich zu entschuldigen, sie hätte gerne Bescheid gegeben, aber bei ihren Eltern sei so viel los gewesen. Könne man das glauben, nachts seien Einbrecher in ihr Bauernhaus in den Hügeln eingebrochen. Ihre alte Großmutter sei ganz außer sich gewesen.

Yanick horchte auf. Ein weiterer Einbruch? Das war sicher kein Zufall.

„Wie sind die Diebe in das Haus gelangt?", bohrte er nach.

Clara lächelte beinahe entschuldigend.

„Das ist nicht weiter schwer. Wir sperren nie ab. Wer sollte uns denn bestehlen? Jeder weiß doch, dass da nichts zu holen ist?"

Kapitel 6

Bretagne

Julie wachte auf, weil die Fensterläden mit ohrenbetäubendem Lärm aneinanderschlugen. Sie setzte sich auf. Ihr war kalt. Die undichten Fenster hielten den eisigen Winterwind kaum ab und da das Haus keine Zentralheizung besaß, hatte Julie auf kleine Elektroöfen zurückgreifen müssen, die einerseits eine Umweltsünde waren und zudem noch viel Geld fraßen. Aus diesem Grund hatte sie sie bald wieder in den Keller verfrachtet und sich lieber eine dickere Daunenbettdecke angeschafft. Aber auch diese konnte die Kälte heute Nacht nicht abhalten. Julie wickelte sich in eine warme Wolljacke ein und stieg die Stufen zur Wohnküche hinab. Sie würde sich einen heißen Tee machen. Vielleicht wärmte sie das auf. Sie hatte gerade den Wasserkessel aufgesetzt, als es an der Tür klingelte. Überrascht blickte sie auf die Küchenuhr. Es war kurz nach halb drei. Wer suchte sie mitten in der Nacht auf? Leise schlich sie zum Küchenfenster, von wo aus sie den Hof und die Straße überblicken konnte. Sie staunte nicht schlecht als sie Samuel entdeckte, der, von einem Bein auf das andere hüpfend, vor ihrer Tür stand und gerade wieder, nun schon etwas ungeduldiger, auf den Klingelknopf drückte. Schnell eilte sie den Flur entlang und ließ ihn hinein.

„Reichlich spät für einen Höflichkeitsbesuch?“, sagte sie und schloss schnell wieder die Haustür, um den eisigen Wind auszuschließen.

„Du hättest dich ruhig etwas schicker für mich machen können“, konterte er und deutete auf ihre ausgeleierte Schlafanzughose und die weite Wolljacke.

„Spaß beiseite“, fuhr er fort.

„Es gibt eine neue Leiche. Ein Pärchen hat sie entdeckt, als sie nachts in den Dünen ein romantisches Stelldichein hatten."

„Wer hat bei diesen Temperaturen ein Date?", fragte Julie erstaunt. „Da frieren doch alle Gefühle sofort ein."

Samuel zuckte mit den Schultern.

„Wie dem auch sei. Die Spurensicherung und Lisa sind bereits vor Ort und auch Dr. Moulin habe ich schon verständigt. Das Pärchen setzt sein Rendezvous gerade im Kommissariat fort. Und du kommst mit mir mit zum Tatort!"

Julie hatte sich schon eine Jeans geschnappt, die im Wäschekorb am Treppenabsatz stand und schlüpfte nun schnell hinein. Dann warf sie sich ihre Regenjacke über und stieg in ihre Gummistiefel.

„Bin bereit", verkündete sie und trat vor die Tür.

Die Fahrt zu den Dünen dauerte nicht lange. Samuel brachte sie währenddessen auf den neuesten Stand der Ermittlungen.

„Die Leiche lag gut verborgen im Schilf. Lisa hat mir ein Foto geschickt, wir sind uns sicher, dass es sich dabei um Juliette Martin handelt. Ihren Freund haben wir schon ins Kommissariat bestellt, er sollte bald eintreffen. Er wird sie sicher identifizieren können."

Er fuhr auf einen eingezäunten Parkplatz und stellte seinen Wagen neben Lisas nostalgischem gelben 2CV ab. Dessen Stoffverdeck wurde vom Wind heftig geschüttelt. Inzwischen hatte auch ein kalter Regen eingesetzt, so dass die beiden Ermittler so schnell sie konnten auf den provisorisch errichteten Pavillon in den Dünen zueilten. Die Spurensicherung war bereits fertig. Aufgrund der Wetterlage war es ohnehin fast unmöglich, aussagekräftige Spuren zu finden. Moulin kniete bereits, über die Leiche gebeugt, im Sand.

Ohne aufzusehen sprach er Julie an.

„Erschlagen, genauso wie unsere Tote aus dem Hotel. Wieder mit einem stumpfen Gegenstand. Diesmal scheint es mir aber so zu sein, dass der Tatort nicht gleich der Fundort ist. Sie weist Schleifspuren an der linken Seite auf und ihr fehlt ein Schuh. Vielleicht hat sie ihn während des Transports verloren. Ich schau mir das genau an, und melde mich nach der Obduktion wieder!" Er erhob sich, nickte Julie zu und marschierte zu seinem Auto, während seine Assistenten sich daran machten, die Leiche einzupacken.

Julie ließ ihren Blick über die Dünen und das vom Wind aufgewühlte Meer schweifen. Es war eiskalt.

Samuel klopfte ihr auf die Schulter.

„Lass uns ins Büro fahren und den Freund und das Pärchen befragen. Hier finden wir ohnehin nichts mehr. Die Spurensicherung und Moulin werden sich bei uns melden, sobald es neue Erkenntnisse gibt."

***

„Ich kann es einfach nicht glauben, dass sie tot ist!"

Sébastien Blanche schlug die Hände über dem Gesicht zusammen und schluchzte auf. Er sah reichlich mitgenommen aus und Lisa hatte dem armen Mann erst einmal einen starken Kaffee gekocht.

„Wir haben noch einige Fragen an Sie, *monsieur* Blanche. Ich weiß, dass es Ihnen gerade sehr schwerfällt, aber wir bitten Sie, es zu versuchen. Also: Ist Ihnen in letzter Zeit an Ihrer Freundin etwas aufgefallen, dass Sie ungewöhnlich fanden?"

Er wiegte unsicher den Kopf hin und her und schien dabei angestrengt nachzudenken.

„Sie stand sehr unter Druck, schließlich musste sie die Zwischenprüfung in Medizin bestehen. Sie war aufgrund unglücklicher Umstände durch die erste Prüfung gefallen, und ihre Eltern hatten daraufhin angekündigt, ihr die Unterstützung zu streichen, falls sie erneut scheiterte. Das hat ihr wahnsinnig zugesetzt. Sie hat in jeder freien Minute gelernt und hatte kaum noch Zeit für mich. Früher waren wir jeden Tag zusammen, in letzter Zeit habe ich sie nur noch ein oder zweimal in der Woche gesehen."

Er seufzte und Julie und Lisa warfen sich Blicke zu. Sie dachten beide dasselbe. Vielleicht hatte die junge Studentin ja auch jemand anderen kennengelernt und daher keine Zeit für ihren Freund gehabt? Und vielleicht war dieser unbekannte Jemand sogar ihr Mörder?

„*Monsieur* Blanche, Sie dürfen jetzt nach Hause gehen, nachdem sie bitte vorne noch eine offizielle Aussage gemacht haben. Unser Kollege am Empfang wird sich um Sie kümmern. Es wäre nett, wenn Sie uns zudem die Namen und Kontaktdaten von Juliettes Freunden und Kommilitonen geben könnten." Der junge Mann nickte und verließ mit gebeugtem Kopf den Raum.

Im Nebenzimmer wartete bereits das Pärchen darauf, endlich aussagen zu dürfen, um dann nach Hause zu fahren. Samuel hatte bereits die wichtigsten Daten von Ihnen aufgenommen und wartete auf Julie, die Sébastien Blanche noch zur Tür gebracht hatte und nun zu ihrem *sous-commissaire* ging.

Das junge Pärchen sah verängstigt aus. Das Mädchen war in eine dicke graue Polizeidecke gewickelt und der junge Mann redete immer wieder beruhigend auf sie ein.

Julie stellte sich vor und begann dann sogleich Hintergründe zu erfragen.

„Um wieviel Uhr sind Sie in die Dünen gegangen?"

Der Mann antwortete, während die junge Frau immer noch leise vor sich hin schluchzte.

„Es war etwa halb zwei. Wir waren zuvor beim Essen und dann in einer Bar gewesen. Als diese schloss, gingen wir in die Dünen."

„Warum gerade dorthin?", bohrte Julie nach. „Es ist doch etwas ungewöhnlich, um diese Uhrzeit und bei solch eisigen Temperaturen noch draußen unterwegs zu sein."

Die Frau weinte nun heftiger und der Mann rang nach Worten. Stotternd beichtete er schließlich.

„Ich bin verheiratet. Deswegen können wir uns nur im Geheimen treffen."

Das erklärte vieles.

„*Monsieur*, was Sie im Privaten treiben, geht uns nichts an. Aber wir suchen einen Mörder und deswegen möchte ich nun ganz genau wissen, ob Ihnen in den Dünen etwas Seltsames aufgefallen ist? Sie haben Ihr Auto am Wanderparkplatz geparkt. Standen dort noch andere Autos?"

Die beiden sahen sich an, dann meldete sich die Frau zu Wort.

„Da stand ein Campingbus. Wir haben ihm keine große Beachtung geschenkt, da wir davon ausgingen, dass es Urlauber waren, die dort nächtigten."

„Samuel", Julie wandte sich an ihren Kollegen. „Ist dir dort ein Camper aufgefallen? Mir nicht!"

Samuel schüttelte entschieden den Kopf.

„Was können Sie uns über das Auto sagen?"

Der junge Mann zuckte mit den Schultern und wandte sich verzweifelt an seine Freundin.

„Es war ein schickeres Modell. Wir haben es sogar kurz bewundert und uns vorgestellt, wie es wäre, mit so etwas eine Reise zu machen."

„Konnten Sie das Kennzeichen sehen?"

Der Mann schüttelte den Kopf. Dann stutzte er kurz und ergänzte:

„Aber es war ein Aufkleber auf dem Auto. Diesen gelben, den man bekommt, wenn man mit der Fähre nach Korsika übersetzt. Das ist mir aufgefallen, da ich dort als Student mehrmals war."

Samuel notierte sich alles genau.

„Wir müssen eine Fahndung nach diesem Camper herausgeben. Wissen Sie noch, welches Modell es war?"

„Es war ein VW. Das weiß ich sicher. Mehr kann ich Ihnen aber nicht sagen. Hinten waren Fahrradträger angebracht."

„Vielen Dank für Ihre Aussagen. Bitte halten Sie sich für weitere Befragungen bereit!"

Julie und Samuel gaben den beiden die Hand und führten sie zur Tür. Julie blickte auf die Uhr. Es war halb sechs. Zeit für Kaffee und Croissants.

„Ich flitze rüber zur *boulangérie* und hole etwas Gebäck. Kochst du Kaffee?" Samuel nickte und sah Julie hinterher, als sie den Raum verließ. Sie hatte es ihm anfangs wirklich schwer gemacht, aber inzwischen, langsam und Schritt für Schritt, näherten sie sich etwas aneinander an. Sie waren dabei, ein Team zu werden. Samuel lächelte. Er war zufrieden mit seinem neuen Leben im Norden Frankreichs. Dennoch würde er Yanick und seiner alten Heimat bald einen Besuch abstatten.

***

Charlotte Rousse saß in ihrer kleinen Küche und wartete darauf, dass es warm wurde. Sie war in den frühen Morgenstunden in der *ferme* eingetroffen. Die alte Laure hatte alles für sie bereit gemacht. Es war schön sauber und der Kühlschrank war gefüllt. Leider hatte sie vergessen einzuheizen, so dass es bei ihrer Ankunft eiskalt gewesen war. Dieser bretonische Winter hatte es echt in sich. Sie hatte die *ferme* schon immer geliebt. Als Kind hatte sie hier mit ihren Eltern jeden Urlaub verbracht. Später dann war sie mit Paul und ihrer kleinen Marianne hierhergekommen. Mit einem wehmütigen Lächeln erinnerte sie sich an diese Zeiten. Wie schnell doch alles vorbei sein konnte. Inzwischen lebte Paul sein eigenes Leben, fernab von ihr und Marianne. Heimlich und still hatten sich die beiden nach siebenundzwanzig gemeinsamen Ehejahren getrennt und seitdem hatte sich Paul nicht mehr blicken lassen. Von gemeinsamen Freunden hatte sie gehört, dass er in Bordeaux eine neue Frau und einen gutbezahlten Job hatte. Von dem Geld, das er verdiente, sah sie allerdings nichts. Keinen Cent hatte er in den letzten eineinhalb Jahren an sie oder ihre gemeinsame Tochter Marianne überwiesen. Dabei hätten sie es bitter nötig gehabt. Charlotte selber hatte nie gearbeitet. Sie und

Paul hatten nach einer klaren Arbeitsteilung gelebt: Er verdiente das Geld, sie kümmerte sich um Haus und Kind. Eigentlich wollten sie mehr Kinder, aber es hatte einfach nicht geklappt. Paul war darüber sehr traurig gewesen, aber Charlotte musste sich eingestehen, dass sie bereits mit Marianne überfordert war. Die Kleine brauchte ständig ihre Aufmerksamkeit und tat sich später in der Schule schwer. Als sie endlich das Abitur mit Ach und Krach geschafft hatte, war Charlotte froh gewesen, als Marianne direkt danach ausgezogen war, um zu studieren. Seitdem beschränkte sich ihr Kontakt auf gelegentliche Telefonate. Erschrocken stellte Charlotte fest, dass sie nicht einmal sagen konnte, wo ihre Tochter momentan wohnte. Sie wusste, dass sie in Rennes Medizin studierte - wenigstens das, aber das war es auch schon. Wie lange war es her, dass sie das letzte Mal miteinander gesprochen hatten? Angestrengt dachte sie nach. Das musste vor mindestens drei oder vier Wochen gewesen sein. Charlotte nahm sich vor, sich nach ihrer Rückkehr von der *ferme* sofort bei ihrer Tochter zu melden. Vielleicht würde sie sie sogar in Rennes besuchen. Der Gedanke heiterte sie auf. Es war nie zu spät, eine Bindung aufzubauen. Ja, sie hatte in der Vergangenheit Fehler gemacht, hatte vielleicht sogar als Mutter versagt, aber nun war es an der Zeit, diese alten Fehler wieder auszubügeln. Sie war eine Mutter und das sollte Marianne auch spüren.

Charlotte stand auf und durchforstete den Kühlschrank nach etwas Essbarem. Laure hatte wirklich gute Sachen eingekauft und sie beschloss, sich ein Frühstück zuzubereiten. Mit knurrendem Magen nahm sie Schinken, Speck und zwei Eier aus dem Kühlschrank und kramte in einem Fach nach einer Pfanne. In der Vorratskammer fand sie keine Bohnen, also öffnete sie die Bodenluke, wo sie immer einige Konserven aufbewahrt hatte. Das kleine Licht funktionierte noch, auch wenn es flackerte. Sie stieg die Steinstufen hinab und sah sich um. Hier musste dringend einmal wieder sauber gemacht werden. Die Regalfächer, in denen einige alte Büchsen standen, waren mit einer dicken Staubschicht bedeckt. Sie schnappte sich eine Konserve und blickte auf das Verfallsdatum. Abgelaufen! Seufzend stellte sie sie in das Regal zurück. Sie musste hier dringend ausmisten. Gerade als sie den Raum wieder verlassen wollte, entdeckte sie ein kleines Büchlein, das in einer Ecke neben der Treppe auf dem Boden lag. Sie nahm es und schlug die erste Seite auf. Dort stand nur ein Name: Morgane. Sie blätterte weiter. Seite für Seite fanden sich kurze, kryptische Aussagen, die Charlotte nicht verstehen konnte.

Wege überprüfen las sie auf der einen. Etwas weiter stand: *Supermarkt meiden.*

Verwundert nahm Charlotte das Büchlein mit in die Küche. Woher konnte es nur kommen? Von Marianne war es sicherlich nicht. Deren Handschrift hätte sie erkannt. Aber sonst war doch niemals jemand hier gewesen, zumal alle Einträge mit Daten aus jüngerer Zeit versehen waren. Schnell blätterte sie weiter, bis sie zum neuesten Datum kam. Es war von vorgestern.

Mehrfacher Rundgang ums Haus. Keine Spuren zu sehen. Fenster alle geschlossen. Holz aus Ofen ausgeräumt. Räume mehrfach abgesucht, nichts vergessen!

Nun war Charlotte richtig verwirrt. Wer war diese Person, die das geschrieben hatte. Und von welchem Haus sprach sie? Charlotte wusste die Antwort bereits. Sie zog sich ihre Regenjacke und die Gummistiefel an, schnappte sich ihr Handy und lief den Pfad in Richtung Dorf entlang, bis sie Netz hatte. Dann rief sie die Polizei.

Provence

„Merde! Merde! Merde!"

Wütend schüttelte Morgane den Inhalt ihrer Reisetasche auf den staubigen Untergrund.

„Wo bist du, du Scheißbuch?"

Stück für Stück räumte sie ihr Hab und Gut wieder in die Tasche. Das Buch war nicht darunter. Sie konnte es nicht fassen. Sie hatte es unterwegs verloren, oder, und das wog noch schlimmer, sie hatte es in der *ferme* vergessen. Normal überprüfte sie alles immer genau - eben zu diesem Zwecke besaß sie das Büchlein, aber ihr Aufbruch war so hastig gewesen, dass sie es dieses eine Mal vergessen hatte. Was konnte ihr passieren, wenn jemand das Büchlein fand? Angestrengt überlegte sie, was alles daringestanden hatte. Konnte es seinem Finder Aufschluss über sie geben? Sollte sie etwa nochmals zurückkehren, die lange gefährliche Fahrt auf sich nehmen, um das Buch zu holen? Stunden auf der Autobahn und im Zug, immer mit der Angst, jede Minute entdeckt zu werden? Nein, das konnte sie nicht machen. Es war zu gefährlich. Mehr als ihr Name war darin ohnehin nicht zu ihrer Person vermerkt. Wenn sie sich richtig erinnerte, stand sogar nur ihr Vorname auf der ersten Seite. Ihre Einträge dürften für einen Fremden ebenfalls schwer zu entschlüsseln sein. Nein, sie musste Ruhe bewahren und durfte nicht durchdrehen. Endlich war sie am Ziel ihrer langen Fahrt. Und sobald Marc wieder zu Hause war, würde alles gut werden. Er hatte immer gewusst, was zu tun war. Gestern war sie zielstrebig bei Einbruch der Dunkelheit zu dem Stadthaus in Bartavelle gelaufen, in dem sich seine Wohnung befand. Es war kein ungefährliches Unterfangen durch das Dorf zu gehen. Anfangs hatte sie gefürchtet, entdeckt zu werden, aber sie musste bald feststellen, dass Bartavelle im Winter wie ausgestorben war. Ihr Bruder hatte ihr oft von den vielen Touristen erzählt, doch die kamen wohl nur zur Hauptsaison. Lange hatte sie geklingelt, musste dann aber einsehen, dass er wohl nicht daheim war. Also hatte sie sich auf den Weg gemacht, um einen Schlafplatz zu finden. Das war nicht weiter schwer gewesen, denn das Städtchen lag inmitten einer Hügellandschaft, die genug Einsamkeit zum Verstecken bot.

Morgane schüttete sich etwas Desinfektionsmittel auf die rauen Hände und verrieb es kräftig. Sie hatte es in einem Häuschen entdeckt, das abseits der Landstraße in den Hügeln stand. Es war nicht schwer gewesen, das Schloss aufzubrechen. Ursprünglich hatte sie geplant, darin zu übernachten, da sie es für eine Schäferhütte gehalten hatte. Wie überrascht war sie gewesen, als sie erkannte, dass es ein Vorratslager war. Schnell hatte sie sich einige Campingutensilien und eine Sitzauflage geschnappt. So würde ihr Nachtlager nicht allzu ungemütlich werden. Dieses schlug sie unter einer alten, knorrigen Steineiche auf, die vor einem Steinmäuerchen wuchs. So war sie vor dem Wind geschützt. Es würde dennoch eine verdammt kalte Nacht werden. Also hatte sie sich, als es schon spät und dunkel war, nochmals auf den Weg gemacht. Ihr Ziel war ein Farmhaus, an dem sie unterwegs vorbeigekommen war. Leise hatte sie durch die Fenster gespäht und gesehen, dass wohl alle Bewohner bereits schlafen gegangen waren. Ihre Bedenken, wie sie ins Haus gelangen sollte, zerschlugen sich von selbst. Die Haustür war unversperrt. So hatte sie sich problemlos in der prall gefüllten Vorratskammer bedienen können und hatte sich auch noch ein Kissen und eine Decke, die auf dem Sofa lagen, geschnappt. Die Nacht war ruhig und störungsfrei verlaufen. Sie hatte tief und fest geschlafen und war erst aufgewacht, als die Sonne bereits hoch am Himmel gestanden war. Irgendwo hatte ein Hund gebellt und sie hatte Stimmen gehört. Schnell war sie aufgestanden, hatte ihre Sachen zusammengerafft und sich aus dem Staub gemacht.

Und nun saß sie an einem ausgetrockneten Flussbett, einem perfekten Versteck, da es von dichten, mannshohen Sträuchern umgeben war. Sie war verzweifelt. Wo war ihr Tagebuch? Nein, sie würde nicht in die Bretagne zurückfahren, um es zu suchen. Das Mindeste, was sie tun konnte, war, bei Einbruch der Dunkelheit, wenn sie sich aus ihrem Versteck wagen konnte, ihren Schlafplatz unter der Steineiche nochmals aufzusuchen. Vielleicht hatte sie ihr Tagebuch dort verloren. Es konnte nachts unbemerkt aus ihrer Reisetasche geglitten sein.

Adèle Legrand war eine schöne Frau. Ihre langen blonden Haare hatte sie zu einem lockeren Zopf zusammengebunden. Das hellblaue Kostüm, das sie trug, betonte ihren schlanken Körper. Mit einem Lächeln begrüßte sie die Kommissare und bot ihnen Sessel an. Marlon Legrand, ihr Bruder, stand bereits an der Kaffeemaschine und bereitete Espresso für alle vor.

„Es ist wirklich schrecklich. Ich war gerade in Berlin auf einer Tourismusmesse, als mein Bruder mich über die furchtbaren Vorgänge in unserem Hotel unterrichtete. Ich bin selbstverständlich so schnell wie es mir möglich war zurückgereist, allerdings hatte ich noch einige geschäftliche Termine, die leider nicht warten konnten. Ich hoffe, Sie verstehen das?" Sie blickte Julie entschuldigend an.

Diese nickte und nahm dankend die Espressotasse entgegen, die der Hoteldirektor ihr reichte.

„Natürlich verstehen wir das. Ihr Bruder war ja bereits so freundlich, uns bei unseren Ermittlungen zu unterstützen. Wir haben das Personal und die meisten Gäste befragt, allerdings ohne weiterführende Erkenntnisse. Haben Sie eine Idee, wie die tote Unbekannte unbemerkt in ihr Hotel kommen konnte?"

Adéle Legrand zuckte mit den Schultern und griff nach einem Keks vom Teller, den ihr Bruder vor sie gestellt hatte.

„Leider habe ich keine Ahnung", antwortete sie und biss in den Keks. Kauend fuhr sie fort: „Tatsächlich ist es nur über unseren Privateingang möglich, das Hotel zu betreten und zu verlassen, ohne gefilmt zu werden. Aber hierfür benötigt man einen Schlüssel und den besitzen nur enge Familienmitglieder. Daher ist es mir unerklärlich!"

An dieser Stelle mischte sich Marlon ein.

„Das stimmt so nicht, Adèle, unser Anwalt, Laurence Kœnik, ist ebenfalls in Besitz eines Schlüssels."

Für einen kurzen Moment trat ein pikierter Ausdruck in Adèles Gesicht.

„Laurence gehört zur Familie, Marlon."

Und zu Julie gewandt fügte sie hinzu: „*Monsieur* Kœnik betreut unsere Familie in juristischen Belangen bereits seit Jahrzehnten. Er ist quasi ein Familienmitglied und hat schon für unseren Vater und unseren Großvater gearbeitet. Ich lege für ihn meine Hand ins Feuer!"

Ohne auf die Erläuterungen der Hotelerbin weiter einzugehen, sagte Julie: „Bitte erstellen Sie uns eine Liste aller Personen, die Zugang zu Ihren privaten Räumlichkeiten haben und lassen Sie uns diese auf schnellstem Weg zukommen. Wann können wir mit Ihrem Bruder Malo rechnen?"

Marlon erwiderte: „Er sollte in den nächsten Tagen eintreffen. Wir haben ihn bereits über die neuesten Entwicklungen in Kenntnis gesetzt. Er ist genauso bestürzt darüber wie wir und wird alles tun, um Sie bei Ihrer Arbeit zu unterstützen. Da er für den Pressebereich unseres Hotels zuständig ist, hat er bereits seinen Stellvertreter damit betraut, eine Pressemitteilung zu dem schrecklichen Vorfall zu verfassen. Sobald wir Ihre Erlaubnis erhalten, werden wir diese veröffentlichen."

Julie erhob sich und gab Samuel ein Zeichen, es ihr gleichzutun.

„Vielen Dank für Ihre Unterstützung. Bitte bleiben Sie für uns erreichbar. Wir melden uns!"

Provence

Das Auto schoss über die Autobahn und überstieg die in Frankreich gültige Höchstgeschwindigkeit von 130 km/h massiv. Grüne Hügel, Büsche und der blaue, wolkenlose Himmel flogen an ihm vorbei. Er nahm nichts war, nur die

Tachonadel, die konstant auf 180 km/h stand. Er war ihr auf die Schliche gekommen, hatte ihre Fährte aufgenommen. Sie war in der Provence. Und nun saß er im Auto, düste über die *autoroute* und würde bald dort sein. Sein exaktes Vorgehen hatte er noch nicht geplant, aber er wusste, dass er diesmal nicht versagen durfte. Sie war ihm schon zweimal entkommen, nochmal würde es ihr nicht gelingen. Er drehte das Radio auf und summte fröhlich mit.

Kapitel 7

Bretagne

Sie rutschte unruhig auf ihrem Stuhl hin und her. Seit etwa einer halben Stunde durchsuchten die zwei Polizisten, die nach ihrem Anruf gekommen waren, die *ferme*. Zuerst waren sie in den Keller hinabgestiegen, wo sie das seltsame Buch gefunden hatte. Nun erweiterten sie ihre Suche auf das ganze Haus. Soweit sie es bisher hatte überprüfen können, war nichts von Wert gestohlen worden.

Auf dem Herd begann die *cafetière* zu blubbern. Der Kaffee war fertig und ein angenehmer, würziger Duft breitete sich in der kleinen Küche aus. Charlotte Rousse erhob sich und schob die Aluminiumkanne von der Kochplatte. Dann nahm sie einen Teelöffel und rührte kräftig in der Kanne, in die sie bereits ganz zu Anfang etwas Muskatnuss und Kardamon gegeben hatte. So trank sie ihren Kaffee am liebsten. Im Wandregal fand sie ihre Charlotte-Tasse. Damals, als ihre kleine Welt und Familie noch in Ordnung gewesen waren, hatte Paul sie eines Tages mit der Tasse überrascht. Er hatte sie in einer kleinen Töpferei anfertigen lassen. Seitdem hatte sie in der *ferme* ihren Kaffee nur daraus getrunken. Vielleicht, dachte sie etwas schwermütig, wurde es langsam Zeit, diese Angewohnheit abzulegen. Sie vernahm ein Poltern und schon erschien der erste Polizist, ein attraktiver Mann mit dunklem Vollbart und muskulösen Schultern im Türrahmen.

„*Madame* Rousse, wir haben das ganze Haus durchsucht, konnten aber nichts entdecken, dass auf einen Einbrecher hinweist. Fällt Ihnen wirklich keine andere Erklärung ein, wie dieses Büchlein hier gelandet sein könnte?"

Charlotte zuckte die Schultern. Sie hatte selber lange darüber nachgedacht. Wieso sollte ein Einbrecher ins Haus kommen, nichts stehlen, und dann auch noch etwas so Privates zurück lassen? Das ergab einfach keinen Sinn.

„Wer hat denn alles einen Schlüssel zu diesem Haus?“, bohrte der Polizist nach.

„Nur ich“, antwortete Charlotte, zögerte dann einen Moment, so als ob sie nachdächte und ergänzte dann: „Meine Tochter Marianne besitzt ebenfalls einen Schlüssel. Sie war aber schon ewig nicht mehr hier. Außerdem wohnt sie inzwischen in Rennes und studiert. Da es mitten im Semester ist, kann ich mir nicht vorstellen, dass sie hier war.“

Ihr Gegenüber zückte ein Notizbuch und schrieb etwas hinein.

„Wie heißt Ihre Tochter?“

„Marianne Rousse.“

„Wäre es nicht denkbar, dass sie zusammen mit Freunden, eben jener Morgane, hier einen Kurzurlaub verbracht hat?“

Charlotte legte die Stirn in Falten. Marianne war schon so lange nicht mehr hier gewesen, sie konnte es sich nicht vorstellen. Wobei...wie gut kannte sie ihre Tochter eigentlich? Immerhin hatten sie seit Wochen nicht mehr miteinander gesprochen. Aber wer war dann diese Morgane? Eine Kommilitonin?

„Warten Sie, ich rufe sie schnell an, dann können wir das direkt klären“, schlug sie vor und kramte ihr Handy aus der Handtasche. Es dauerte eine Weile bis sie die Nummer im Telefonbuch gefunden hatte. Ein bisschen schämte sie sich, dass sie einen Grund wie diesen brauchte, um ihre Tochter anzurufen. Erneut nahm sie sich vor, dies in Zukunft zu ändern. Es war nie zu spät, eine gute Mutter zu sein. Anstatt zu klingeln, schaltete sich sofort der Anrufbeantworter ein.

Nach dem Piepton hinterließ Charlotte ihrer Tochter eine kurze Nachricht und bat um Rückruf. Dann legte sie auf.

„Tut mir leid“, sagte sie zu den Polizisten gewandt. „Sie ist sicher gerade in einer Vorlesung. Sie wird sich melden, sobald sie Zeit hat und dann gebe ich Ihnen Bescheid.“

Die beiden Beamten nickten und verabschiedeten sich. Schließlich gab es hier nichts mehr zu tun. An der Tür drehte sich der Ältere der beiden nochmal um.

„Bitte verschließen Sie dennoch gut die Türen. Vermutlich war es Ihre Tochter, die mit Freunden im Haus war. Aber bevor wir es nicht sicher wissen, sollten Sie immer gut absperren!“

Provence

Müde warf er seinen Rucksack auf die Couch und streifte sich die Turnschuhe von den Füßen. Die Fahrt hatte länger gedauert als erwartet, und er war froh, nun endlich zu Hause zu sein. Draußen war es bereits dunkel. Er würde sich ein schnelles Abendessen zubereiten und dann ins Bett gehen. Morgen musste er bereits früh wieder in der Arbeit sein. Sein Leben war nicht leicht, aber er war zufrieden. Es war zumindest besser als früher. Damals, als er noch keine feste Arbeit und auch keinen sicheren Wohnsitz gehabt hatte. Es hatte Jahre gedauert, bis er seinen Platz im Leben gefunden hatte. Nun war alles gut. Er zündete sich eine Zigarette an und öffnete den Kühlschrank. Viel fand er darin nicht. Ein Stück Trüffelsalami und etwas Käse. Er öffnete ein Bier und trank gierig direkt aus der Flasche. Dann schnitt er die Wurst auf und suchte im Vorratsraum nach etwas Brot. Ergebnislos. Gerade als er sich an seinen runden Küchentisch niedergelassen hatte, klingelte es an der Wohnungstür. Erstaunt blickte er auf die Uhr. Es war halb zehn. Wer besuchte ihn so spät am Abend? Kurz zögerte er. Geister aus der Vergangenheit begannen in seinem Kopf zu spuken. Er atmete tief durch und begann seine Schläfen zu massieren. Vergangenheit war Vergangenheit. Er lebte im Hier und Jetzt. Und das gefiel ihm verdammt gut. Wahrscheinlich stand einer seiner Kumpels aus dem Dorf vor der Tür, um eine späte Zigarette mit ihm zu rauchen. Ja, so musste es sein. Entschieden ging er an die Tür und entriegelte sie. Als er sah, wer davorstand, bereute er, nicht auf sein Bauchgefühl gehört zu haben.

***

Die Anspannung war deutlich spürbar. Nervös lief er im Raum auf und ab. Was sollte er nur tun? Er wollte das alles hier nicht. Er wollte doch nur normal leben, langweilig, ein Spießerdasein führen. Aber er wusste, dass ihm das jetzt nicht mehr gelingen würde.

Morgane kauerte in der Ecke. Ihre Haare waren zerzaust, die Augen rot vom Weinen. Ihr Körper zitterte unkontrolliert.

„Er wird mich erwischen. Er war es, ich weiß es. Ich bin erledigt!“

„Dein Gejammer hilft uns nicht. Wir brauchen einen Plan.“

Angestrengt dachte er nach. Ein Fremder in Bartavelle, der sich nicht auskannte. Wo würde er unterkommen?

Kurzerhand nahm er sein Handy.

„Lilou, *salut*. Entschuldige, dass ich dich so spät störe.“

Er lauschte und ein Lächeln huschte über sein Gesicht.

„Natürlich, sehr gerne. Lass uns nächste Woche zusammen essen. Ich freue mich. Aber nun habe ich eine Frage. Sind deine *chambres d'hotes* gerade besetzt?“

Seine Gesprächspartnerin schien die Frage bejaht zu haben, denn er bohrte nun nach.

„Ist es möglich, dass einer deiner Gäste einen schwarzen Mietwagen fährt? Er ist groß, schick gekleidet, dunkles Haar?“

Wieder schien er ein ‚Ja‘ zu hören, denn er hob den Daumen und sah Morgane triumphierend an.

„Danke Lilou, du hast mir sehr geholfen. Nein, nein, erzähle ihm nicht von mir. Er ist ein alter Schulfreund und will mich vermutlich überraschen. Verdirb ihm das nicht. *Bien, au revoir!*"

Er legte auf und nickte Morgane zu.

„Jetzt brauchen wir einen Plan. Bist du sicher, dass das, was du mir da erzählst hast, wirklich genauso passiert ist? Bist du wirklich in Lebensgefahr?"

Erneut ein lauter Schluchzer, dann ein heftiges Nicken mit dem Kopf.

„Gut, ich glaube dir! Dann müssen wir schnell handeln. Ich habe eine Idee. Hör mir gut zu!"

Kapitel 8

Bretagne

Die Sonne war gerade erst aufgegangen und kämpfte sich noch mühsam durch die Wolkenschichten, als sich Julie und ihr Team im Büro zu einer ersten Besprechung trafen.

Anstrengende Tage lagen hinter ihnen und nicht minder aufreibende würden folgen. Julie hatte schlecht geschlafen. Ihr Makeup konnte die Augenringe nicht überdecken. Lisa verteilte den Kaffee, den sie gekocht hatte, an ihre Kollegen und Samuel, der frische Croissants mitgebracht hatte, legte diese auf Servietten. Zwei Polizisten der *police municipale* hatten sich ihrem Team angeschlossen. Sie hatten sich als Céline und Michel vorgestellt. Vor allem die junge Polizistin war Julie sehr sympathisch. Ihre blauen Augen schienen unentwegt zu lachen. Das blonde Haar hatte sie zu einem Knoten aufgesteckt. Sie trug Jeans und einen viel zu großen Kapuzenpulli. Michel, ihr Kollege warf ihr immer wieder bewundernde Blicke zu. Er war kleiner als sie und sein Haar wurde bereits etwas schütter. Um seine dunklen Augen kräuselten sich Lachfältchen. Dankend nahm er eine Tasse Kaffee entgegen und biss herzhaft in ein Croissant.

„Auf geht's!", eröffnete Julie die Besprechung.

„Lasst uns zusammentragen, was wir bereits wissen und welche Puzzleteile noch fehlen. Ich beginne! Unterbrecht mich, wenn ich etwas vergessen sollte!"

Sie schnappte sich ihren Kaffee, zündete sich eine Zigarette an und schaute in die Runde.

„Wir haben zwei tote Frauen. Die erste ist ein großes Fragezeichen. Wir wissen nichts über sie. Nur, dass sie aufgrund einer stumpfen Gewalteinwirkung starb, gut gekleidet war, und ein Luxusmenu im Magen hatte. Sicher wissen wir, dass unsere Unbekannte durch den Privateingang der Hoteliers ins Haus gelangt sein muss. Die sind übrigens sehr kooperativ. Marlon und Adèle habe ich bereits kennengelernt, mit Malo, der momentan verreist ist, habe ich telefoniert. Er ist bald wieder zurück und steht dann für weitere Gespräche zu Verfügung. Das Hotel ist ein Traditionshaus und wird seit Generationen von den Legrands geführt. Nur wenige haben einen Schlüssel zum Privateingang, allerdings kann man so etwas ja heutzutage problemlos nachmachen lassen. Unsere zweite Tote hat einen Namen: Juliette Martin. 24 Jahre. Studentin der Medizin. In einer Partnerschaft mit Sébastien Blanche, der mir allerdings wenig verdächtig vorkommt. Samuel, du hast doch mit ihren Kommilitonen gesprochen. Kam dabei irgendetwas heraus?"

Samuel schüttelte den Kopf.

„Nichts Bahnbrechendes. Sie scheint sehr beliebt gewesen zu sein. Alle haben sie nur in den höchsten Tönen gelobt. Sie hatten sich schon gewundert, dass sie der Lerngruppe fernblieb, aber als sie dann bei der Zwischenprüfung fehlte, haben sich wohl alle große Sorgen gemacht. Sie konnten sich nicht vorstellen, wer ihr das angetan haben könnte. Sie hatte laut ihren Freunden keine Feinde gehabt."

Er zuckte mit den Schultern und trank seinen Kaffee weiter. Lisa übernahm.

„Keine der Abgängigen, die ich im Vermisstenregister gefunden habe, passt auf die Beschreibung unserer ersten Toten. Wir haben tatsächlich noch keinen einzigen Anhaltspunkt, wer sie sein könnte."

Céline meldete sich zu Wort.

„Können wir davon ausgehen, dass die beiden Morde miteinander in Verbindung stehen?"

Julie nickte. „Ich denke schon, aufgrund des Zeitrahmens und der Nähe der beiden Fundorte liegt das durchaus nahe. Aber sicher können wir es natürlich nicht sagen."

„Wenn wir davon ausgehen, dass es ein und derselbe Täter ist", fuhr Céline fort, „dann gibt es zwei Möglichkeiten. Entweder waren Juliette und die Unbekannte Zufallsopfer. Oder…" Sie ließ den Satz offen im Raum stehen.

„Oder", vervollständigte ihn Samuel, „die beiden Toten stehen in irgendeiner Verbindung zueinander."

Julie nickte. „Dem sollten wir nachgehen. Lasst uns das Umfeld von Juliette nochmals durchforsten."

Das Telefon klingelte. Lisa nahm ab und lauschte.

Als sie fertig war, sah sie in die Runde.

„Das war eine *madame* Inès Soleil von der Universität in Rennes. Ich hatte gestern versucht sie zu erreichen und um Rückruf gebeten. Sie hat mir bestätigt, dass Juliette Martin bei Professor Bertrand Medizin studiert hat und am Prüfungstag nicht aufgetaucht ist."

Einer spontanen Eingebung folgend fragte Julie: „War sie die einzige, die den Prüfungstermin verpasst hat?"

„Woher soll ich das wissen", antwortete Lisa, griff aber sogleich nach dem Telefonhörer und wählte.

„*Madame* Soleil, *bonjour*, hier spricht nochmal *sous-commissaire* Lisa Baélec, wir hatten gerade telefoniert. Könnten Sie mir sagen, ob auch andere Studenten die Prüfung versäumt haben? Ja, danke. Ich warte!"

Es dauerte einen Moment, in dem die Universitätsangestellte wohl nach den Absenzen suchte. Schließlich nannte sie Lisa zwei Namen, die diese sofort notierte. Nachdem sie sich ausführlich bedankt hatte, legte Lisa auf und sah in die Runde.

„Nur zwei weitere Medizinstudentinnen sind an diesem Tag nicht aufgetaucht: Morgane Bergerac, 25 Jahre und Marianne Rousse, 23 Jahre."

Julie klatschte in die Hände.

„Na dann! Vielleicht ist das eine Spur. Lasst uns loslegen! Samuel, du machst dich bitte bei Juliettes Kommilitonen schlau, ob unsere zweite Tote mit den beiden Damen etwas zu tun hatte. Lisa, du versuchst die Familien der beiden zu erreichen. Vielleicht sind sie daheim, dann hat sich das schnell erledigt. Céline und Michel, Ihr haltet hier bitte die Stellung und fungiert als Kommunikationszentrale!"

Provence

Zufrieden streckte Yanick die Füße unter den Plastiktisch und schüttelte leicht sein Anisetteglas, so dass die Eiswürfel klapperten. Es war früher Nachmittag und er hatte, einer spontanen Eingebung folgend, beschlossen, Feierabend zu machen. Viel zu tun gab es ohnehin nicht. Die zwei Einbrüche hatten sie im Büro aufgenommen. Und, das musste sich Yanick lächelnd eingestehen, besonders spektakulär war das ohnehin nicht. Wahrscheinlich waren es gelangweilte Jugendliche gewesen, die im Bauernhof und im *cabanon* eingebrochen waren. Zwar fühlte sich Yanick jetzt, als erwachsener Mann, in Bartavelle wohl, aber er konnte sich lebhaft vorstellen, wie langweilig und desillusionierend eine Jugend in dem kleinen Kaff sein konnte. Das einzige Highlight im Jahr war das sommerliche Dorffest. Ansonsten war es, bis auf den Wochenmarkt, eher ruhig und beschaulich in Bartavelle. Gerade jetzt im Winter verirrte sich kaum je ein Tourist hierher und die Gehsteige wurden mit Einbruch der Dunkelheit hochgeklappt. Nach Marseille, der nächsten Großstadt, war es eine gute Stunde Fahrt, und für viele, die hier aufgewachsen und hängegeblieben waren, war Marseille ein rotes Tuch, ein Moloch voller Gefahren. Eltern warnten ihre Kinder davor, je dorthin zu gehen, und lieber schickte man die Jugendlichen auf eine kleine, unbedeutende Universität, als in die Hauptstadt des *Départements Bouche- du-Rhône*.

Yanick konnte das nicht nachvollziehen. Er hatte Marseille als charmante, wenn auch etwas hektische Stadt erlebt, mit guten Restaurants, schönen Märkten und einem bezaubernden Hafen.

Er nahm einen Schluck aus seinem Glas und behielt die gelbe Flüssigkeit, die aus seiner Sicht wie Zahnpasta schmeckte, für einen kurzen Moment in seinem Mund. Er wurde mehr und mehr zu einem Provenzalen. Noch vor einem Jahr hätte man ihn mit diesem Gesöff jagen können.

Auf der gegenüberliegenden Seite wackelte der alte Jerome vorbei. Als er den jungen Kommissar sah, lächelte er ihm zu und gab den Blick auf eine gelbe, schiefe Zahnreihe frei. Philippe kam gerade über die Straße, in der Hand eine große Plastiktüte von der *boucherie-charcuterie*.

„*Salut Yanick*!" Er winkte seinem Freund zu.

„Morgen gibt es *andouilletes* als *plat du Jour*! Das darfst du dir nicht entgehen lassen!"

Yanick nickte höflich, schwor sich aber insgeheim, morgen woanders zu essen. Manchmal vermisste er die bunte bretonische Speisekarte mit all dem Fisch und den Meeresfrüchten. Schwermütig dachte er an Luis' Fischlokal in Cancale, in das er und Julie immer gegangen waren. Dort hatte es den besten *plateau de fruits de mer* in der ganzen Region gegeben. Aber Luis, sein ehemaliger Schulfreund, war inzwischen tot und das Restaurant gab es nicht mehr. Er schüttelte den Gedanken an seine Vergangenheit ab und gab Philippe zu verstehen, dass er noch eine Anisette wollte. Gerade als er sich eine Zigarette anzündete, sah er einen großen schwarzen Wagen, der direkt vor der Bar mit eingeschalteter Warnblinkanlage hielt. Ein schlanker, gutgekleideter Mann stieg aus und verschwand im Tabakladen nebenan. Yanick runzelte die Stirn. Das war sicherlich kein Einheimischer, auch wenn das Auto die Endziffer 83 hatte und so preisgab, dass es aus dem *Département* Var stammen musste. Es dauerte nicht lange und der Mann verließ den *tabac* wieder, stieg ins Auto und fuhr weg.

„Hatte ich doch recht", murmelte Yanick vor sich hin, als er auf der hinteren Windschutzscheibe des Wagens einen Sticker erkannte, der das Auto als Mietwagen kennzeichnete.

Kapitel 9

Bretagne

Charlotte Rousse war beunruhigt. Angespannt saß sie auf der kleinen Bank vor der *ferme* und blickte auf das Meer.

Als sie vor wenigen Tagen Marianne telefonisch nicht erreicht hatte, war sie kaum besorgt gewesen. Der Kontakt zwischen ihrer Tochter und ihr war spärlich, oftmals hörten sie wochen-, ja sogar monatelang nichts voneinander.

Nachdem die Polizisten ihre Untersuchungen zum vermeintlichen Einbruch beendet hatten und fortgefahren waren, hatte es Charlotte noch einige Male bei Marianne versucht - erfolglos. Es war immer nur die Mailbox angesprungen. Also hatte Charlotte aufgegeben. Marianne würde sich schon melden, sobald sie in ihrem Smartphone die vergeblichen Anrufe ihrer Mutter entdeckte. Charlotte hatte nicht weiter an ihre Tochter gedacht. Bis zum gestrigen Abend. Da hatte plötzlich ihr Handy geklingelt. Eine *sous-commissaire* Lisa Baélec war am anderen Ende der Leitung gewesen. Charlotte hatte zunächst angenommen, es gehe wieder um den Einbruch. Umso verwunderter reagierte sie, als die Anruferin ihr erläuterte, sie melde sich im Rahmen einer Mordermittlung und wolle wissen, wo ihre Tochter Marianne zu finden sei. In diesem Moment war eine nicht greifbare, unbeschreibliche Panik in Charlotte hochgekrochen und hatte von ihr Besitz ergriffen. Wo war ihre Marianne? Mit der Angst war das schlechte Gewissen gekommen. Hätte sie sich schon früher Sorgen machen müssen. Was für eine Mutter war sie nur? Als sie zugeben musste, dass sie seit langem nichts mehr von ihrer Tochter gehört hatte, schämte sie sich in Grund und Boden. *Sous-commissaire* Lisa Baélec erfragte noch allerlei Details, bevor sie sich verabschiedete und darum bat, dass *madame* Rousse jederzeit erreichbar bleiben sollte.

Und nun? Nun saß sie hier alleine vor ihrer *ferme* und schämte sich. Sie hatte als Mutter versagt.

Aber vielleicht war es noch nicht zu spät. Energisch erhob sie sich und begann zu packen. Sie würde nach Rennes fahren und sich auf die Suche nach ihrer Tochter machen.

***

Es war eiskalt, aber die Sonne schien und der Himmel war blau. Keine Wolke war zu sehen. Julie, Samuel, Lisa, Michel und Céline hatten sich in einem kleinen Café in Rennes verabredet und spontan beschlossen, das Frühstück im Freien einzunehmen. Alle waren in warme Jacken gepackt und der nette Kellner hatte ihnen zusätzlich Decken gebracht. Nun tranken sie ihren heißen *café au lait* und genossen das Frühstück - *croissants, pains au chocolat* und eine Auswahl an *macarons*.

Samuel begann zu berichten.

„Es gibt eine Menge Neuigkeiten. Gestern habe ich mich nochmals mit Juliettes Kommilitonen und ihrem Professor getroffen. Die beiden Studentinnen, die ebenfalls nicht zur Prüfung erschienen sind, waren mit Juliette gut bekannt. Morgane Bergerac gehört wohl zum Freundeskreis, allerdings hatte ich bei den Befragungen das Gefühl, als ob sie dennoch nicht sonderlich beliebt war, eine Art Außenseiterin innerhalb der Clique. Laut dem Professor studiert sie Medizin. Allerdings bereitet ihr das Studium viele Probleme, sie ist eine Vollwaise und muss sich das Geld für die Uni komplett selbst dazuverdienen. So blieb wenig Zeit zum Lernen. Außerdem fehlte sie oft bei Lehrveranstaltungen, da sie viel arbeitete. Professor Bertrand hat es deshalb nicht verwundert, dass sie bei der Zwischenprüfung fehlte. Er erwähnte zudem etwas von gesundheitlichen Problemen, konnte mir aber nichts Näheres dazu sagen.

Die andere Studentin, Marianne Rousse, scheint im Freundeskreis weniger bekannt gewesen zu sein. Juliettes Kommilitonen berichten zwar, dass sie mit Juliette gelegentlich zu tun hatte. Es war aber wohl keine feste Freundschaft. Sie soll etwas seltsam gewesen sein, berichten die anderen. Auch der Professor hat mir dies bestätigt. Wir konnten bisher kein Foto von ihr auftreiben, und sie ist auch nicht in Rennes gemeldet. Lisa, du hast doch mit ihrer Mutter telefoniert?"

Lisa steckte sich ein *macaron* in den Mund, kaute genüsslich darauf herum und antwortete erst dann:

„Genau, eine gewisse Charlotte Rousse. Sie hatte keine Ahnung, wo sich ihre Tochter befinden könnte und hat ausgesagt, bereits seit langem nicht mehr mit ihr gesprochen zu haben. Sie schien mir etwas verwirrt, zuerst sprach sie ständig von einem Einbruch in ihr Haus und ob ich die zuständige Polizistin sei. Sie wusste nicht einmal, wo ihre Tochter in Rennes wohnt. Gemeldet ist Marianne nach wie vor bei ihrer Mutter, die in einem Ort außerhalb der Stadt lebt. Sie wollte mir ein Foto von Marianne schicken, hat es aber noch nicht gemacht. Morgane Bergerac hat keine Eltern mehr. Ich habe die Heimleiterin der Einrichtung erreicht, in der sie ihre Kindheit verbracht hat. Sie hatte keine Zeit, aber wir treffen uns morgen, dann weiß ich mehr."

Sie unterbrach, da ihr Handy piepste. Während sie die Nachricht las, weiteten sich ihre Augen.

„Scheiße", entfuhr es ihr. „Wir wissen jetzt wer unsere Tote ist!"

Sie zeigte Julie das Foto, das *madame* Rousse ihr soeben von ihrer Tochter geschickt hatte. Marianne Rousse lächelte darauf in die Kamera.

Julie schluckte.

„Ja, das ist sie. Das ist unsere Tote aus dem Luxushotel!"

***

Provence

Er parkte seinen Wagen am Waldrand und stieg aus. Der angenehme Duft von Thymian stieg ihm in die Nase. Langsam lief er den schmalen Pfad durch einen Steineichenwald bis er auf der kleinen Hügelkuppe ankam. Von dort eröffnete sich ein traumhafter Blick über die weite provenzalische Landschaft. Der Himmel war klar, kein Wölkchen war zu sehen. Direkt auf der Hügelkuppe befand sich eine kleine, zu einer Ruine zerfallene Kapelle. Er meinte ein Rascheln gehört zu haben und fuhr herum. Nein, er hatte sich getäuscht. Es war noch zu früh. Er war extra früh gekommen, um das Gelände zu erkunden. Er wusste, dass im Winter Trüffelzeit war. Sicherlich war es ein Wildschwein gewesen, das zwischen den alten Steineichen nach dem wertvollen Gourmetpilz grub. Er ließ seinen Plan im Kopf nochmals Revue passieren. Er hatte nicht erwartet, dass sie ein Treffen vorschlagen würde. Warum war sie überhaupt hier? Schließlich barg es Risiken in sich. Doch er war sogleich auf ihren Wunsch eingegangen. Er war ja nicht dumm, nein, das war er wirklich nicht. Mit ruhiger Stimme hatte er sie beruhigt, hatte ihr versichert, dass sich alles zum Guten wenden würde. Dann hatten sie Ort und Zeitpunkt ihres Treffens vereinbart. Es war ihr Vorschlag gewesen, diesen abgelegenen Ort für das *rendez-vous* zu wählen. Immerhin lag es auch in ihrem Interesse, nicht entdeckt zu werden. Er hatte eingewilligt, nicht ohne sich dabei fest vorzunehmen, den Ort vorher ausführlich zu inspizieren. Wenn er hier fertig war, konnte er endlich wieder nach Hause zurückkommen. Zeit war es.

Wieder hörte er ein Rascheln, dann teilte sich ein Gebüsch und ein Wildschwein kam hervor und trat auf die baumlose Hügelkuppe. Gespannt beobachtete er das borstige Tier, dass mit seiner Schnauze den erdigen Untergrund systematisch umgrub, immer auf der Suche nach Trüffeln. Es hatte ihn noch nicht bemerkt und fuhr ungestört mit seiner Tätigkeit fort. Er warf einen Blick auf die Uhr. Es war noch reichlich Zeit. Leise ging er in die Knie und fixierte das Tier. Er war so konzentriert und abgelenkt, dass er die leisen Schritte nicht hörte, die sich ihm von hinten näherten. Erst als er den heftigen Schlag auf seinen Hinterkopf spürte, blitzte für eine kurze Sekunde die Einsicht in ihm auf, dass er hätte wachsamer sein müssen. Dann wurde alles um ihn herum schwarz.

Kapitel 10

Bretagne

Es war ein eisiger bretonischer Morgen, als sich Samuel, Lisa und Julie in ihrem gemütlichen, warmen Büro zu einem improvisierten Frühstück trafen. Lisa kochte auf ihrer Elektroherdplatte in der *cafetière* einen starken Espresso, während Samuel die wenigen Croissants verteilte, die er in der *boulangerie* noch ergattern konnte. Alle wirkten beschwingt und motiviert. Endlich kam etwas Bewegung in die Sache. Vielleicht würde die Identifizierung des ersten Opfers einen Durchbruch bringen. Dennoch, einen Wehmutstropfen gab es.

„Hätten wir diesem Sébastien Blanche gleich zu Beginn ein Bild von unserem ersten Opfer gezeigt, hätte er Marianne als Freundin von seiner Juliette identifiziert und wir wären schon viel früher so weit wie jetzt gewesen." „Aber es gab doch keinen Grund ihm das Bild zu zeigen", warf Lisa ein. Julie war sich da nicht so sicher.

„Spätestens ab dem Zeitpunkt, an dem wir wussten, dass Juliette tot ist, hätten wir diesen Zusammenhang herstellen müssen. Es wäre naheliegend gewesen, dass Blanche die Freundinnen und Kommilitoninnen seiner Freundin kannte, zumindest vom Sehen. Das war ein Patzer, den wir uns da geleistet haben. Aber wir können es nicht mehr ändern. Gleich kommt Charlotte Rousse vorbei, die Mutter unserer ersten Toten. Ich schlage vor, wir befragen sie alle zusammen. Was steht sonst noch auf unserer To-Do-Liste? Lisa?"

„Julie, du triffst dich mit Adèle und Marlon Legrand um eins im *Langouste* zum Mittagessen. Ich fahre später in das Heim, wo Morgane aufgewachsen ist, unsere vermisste Studentin. Samuel, wäre es für dich ok, hier die Stellung zu halten? Das Verlaufsprotokoll unserer aktuellen Ermittlung müsste mal wieder nachgeschrieben werden!"

Samuel grummelte genervt in seine Kaffeetasse, beugte sich aber schließlich seinem Schicksal, nicht ohne ein gezischtes „Weiberwirtschaft" zwischen den Lippen hervorzupressen.

Lisa wollte gerade kontern, als es an der Tür klopfte. Kurz darauf trat eine ältere, sehr attraktive Dame ein, die nervös umherblickte. Die schwarzen Ringe unter ihren Augen verrieten dem Ermittlerteam, dass sie gerade Furchtbares durchmachte.

„Charlotte Rousse", nannte sie ihren Namen. „Ich suche *commissaire* Julie Roche. Bin ich hier richtig?"

Julie erhob sich und ging auf die Frau zu.

Nachdem sie sich und ihr Team vorgestellt hatte, nahmen sie wieder Platz. Julie eröffnete das Gespräch.

„*Madame* Rousse, zu aller erst möchten wir Ihnen unser tiefes Beileid für den Verlust Ihrer Tochter aussprechen. Ich hoffe, Sie verstehen, dass wir Ihnen einige Fragen stellen müssen."

Die Frau nickte und zog ein blütenweißes Stofftaschentuch aus ihrem Blusenärmel.

„Ich weiß gar nicht, ob ich Ihnen helfen kann. Marianne und ich… unser Verhältnis war nicht das Beste. Wir haben uns auseinandergelebt. Wissen Sie, sie war nicht immer einfach. Wir hatten unsere Probleme. In den letzten Jahren nahm der Kontakt immer mehr ab. Es ist Wochen her, dass ich von ihr gehört habe."

„Erzählen Sie uns mehr über Marianne. Wie war sie?"

„Sie hatte ein gutes Herz. Ja, das hatte sie. Aber der Umgang mit ihr war nicht immer leicht. Sie war oft laut, provokant. Mit Autoritätspersonen kam sie nur schwer zurecht, die Schulzeit war der reine Horror. Ich war so froh, als sie endlich das Abitur in der Tasche hatte und von zuhause auszog. Intelligent war sie, aber sie machte immer nur, was sie wollte."

„Was ist mit Mariannes Vater?"

Madame Rousse seufzte und diesmal klang ihr Seufzer, als wäre er tonnenschwer. „Er lebt inzwischen in Bordeaux, hat nochmal geheiratet. Ich kann ihnen nicht sagen, ob er mit Marianne Kontakt hielt. Ich denke aber eher nicht. Gezahlt hat er auch nicht.“ Verbitterung machte sich in ihrem Gesicht breit.

„Können Sie uns etwas über Mariannes Freundeskreis sagen? Hatte sie einen festen Partner? Wo verbrachte sie gerne ihre Freizeit? Was waren ihre Hobbies?“

Madame Rousse zuckte nur mit den Schultern.

Julie gab auf. Vor ihr saß eine Mutter, eine trauernde Mutter, die aber anscheinend jeglichen Bezug zu ihrer Tochter verloren hatte.

„Ist Ihnen in letzter Zeit etwas Seltsames aufgefallen?“

Julie wagte einen letzten Versuch, etwas herauszufinden. Sie glaubte schon nicht mehr an Informationen, als *madame* Rousse sie überraschte.

„Ich habe ein seltsames Tagebuch in der *ferme* gefunden.“

„In der *ferme*?“, hakte Julie nach.

„Ein altes Bauernhaus am Meer, unser früheres Ferienhaus, als wir noch eine glückliche Familie waren. Es liegt sehr abgelegen, in einem Hochmoor an den Klippen. Man hat einen wunderschönen Ausblick aufs Meer.“ Sie schien in Erinnerungen zu versinken.

„Und das Tagebuch, das sie dort gefunden haben?“, fragte Lisa erwartungsvoll.

„Ich habe es nicht. Vermutlich ist es noch in der *ferme*. Ich wollte einige Tage dort in Ruhe verbringen. Meine Zugehfrau Laure hat alles vorbereitet. Als ich ankam, war alles wie immer. Aber als ich im Keller nach Konserven suchte, fand ich dort ein Tagebuch. Der letzte Eintrag war nur einem Tag vor meiner Anreise datiert. Anscheinend gehörte es einer gewissen Morgane. Da ich von einem Einbruch ausging, habe ich die Polizei verständigt.“

Bei der Erwähnung des Namens hatten Julie und Lisa schnelle Blicke getauscht. Es schien Fahrt in den Fall zu kommen.

„Haben Sie schon einmal von dieser Morgane gehört?"

Madame Rousse nickte. „Ich meine, dass Marianne vor längerer Zeit diesen Namen einmal erwähnte. Daher versuchte ich auch sogleich sie anzurufen, aber ich habe sie nicht erreicht."

Das weitere Gespräch brachte nichts Neues. *Madame* Rousse beklagte immer wieder, dass sie eine schlechte Mutter sei. Sie hätte sich viel mehr um ihre Tochter kümmern müssen. Es kam nichts, was Julie und ihrem Team bei ihren Ermittlungen weitergebracht hätte. Schließlich erhob sich Julie und gab der jammernden Frau die Hand.

„Wir bedanken uns für ihre Mitarbeit. Bitte bleiben Sie für uns erreichbar, falls wir noch Fragen an Sie haben. Wo wohnen Sie in Saint-Malo?"

Sie nannte eine kleine Pension am Stadtrand und Julie notierte sich die Adresse. Dann brachte sie die Frau zur Tür. Als sie wieder mit ihren Kollegen zusammensaß, war sie richtig aufgeregt.

„Gehen wir einmal davon aus, dass diese Morgane, der das Tagebuch gehört, tatsächlich die vermisste Morgane Bergerac ist. Was hat sie wohl in der *ferme* gemacht?"

„Vielleicht", setzte Samuel den Gedanken fort, „hat sie sich dort vor irgendjemanden versteckt. Ihre Freundin Marianne hatte ihr irgendwann mal vom Familienferienhaus an der Küste erzählt und Morgane erinnert sich daran und nutzt das Haus als Rückzugsort."

„Wir brauchen dieses Tagebuch!", sagte Julie. „Vermutlich hat es die Polizei vor Ort. Lisa, kümmerst du dich darum? Ich fahre am Nachmittag dort vorbei und hole es ab. Dann kann ich mir gleich einmal die Hütte ansehen. Und wir müssen nochmals mit dem Professor reden. Das Studium scheint das Verbindungsglied zwischen den Frauen zu sein. Dort muss unsere Ermittlung ansetzen."

***

Wie immer war die Hotelerbin stilvoll gekleidet. Adèle Legrand trug ein schwarzes Etuikleid, dem sie mit einem rosa Seidenschal einen Farbtupfer verpasste. Ihr blondes Haar war umständlich zu einer Hochfrisur aufgesteckt, die von silbernen Haarnadeln gehalten wurde. Herzlich streckte sie Julie eine perfekt manikürte Hand entgegen, entschied sich dann jedoch spontan anders, und hauchte der Kommissarin zwei Küsse auf die linke und rechte Wange. Ihr Bruder, Marlon, begnügte sich mit einem Händedruck und bat die beiden Damen dann zu einem Tisch, der, an einer Glasfront gelegen, einen atemberaubenden Blick auf den Ozean freigab. Die Speisekarte im Restaurant *Langoustier* bot eine überschaubare, aber exquisite Auswahl an erlesenen Meeresfrüchte-Gerichten. Obwohl sie großen Hunger hatte, bestellte sich Julie nur einen Salat. Sie hatte nicht viel Zeit, schließlich wollte sie ja noch zur *ferme* fahren, um mehr über das Tagebuch in Erfahrung zu bringen.

„*Madame le commissaire*", eröffnete Marlon das Gespräch. „Können Sie uns schon Neues zu dem schrecklichen Mord sagen, der in unserem Hotel stattgefunden hat?" Während er sprach, griff er nach der Weißweinflasche und schenkte die Gläser voll. Julie nickte ihm dankend zu und brachte die beiden Hotelerben auf den neuesten Stand der Ermittlungen.

„Tatsächlich gibt es eine Entwicklung im Fall der toten Frau. Wir konnten sie identifizieren. Ihr Name ist Marianne Rousse. Sie war Studentin der Medizin. Klingelt hier etwas bei Ihnen?"

Erwartungsvoll sah sie die beiden an. Adèle schüttelte sogleich den Kopf, doch Marlon stutze bei der Erwähnung des Namens und legte die Stirn in Falten.

„Irgendwie kommt mir der Name bekannt vor, aber ich kann Ihnen nicht sagen woher!" Er trank einen Schluck aus seinem Weinglas und lächelte den Kellner an, der soeben die georderten Speisen und einen Brotkorb auf den Tisch stellte. Schweigend aßen die drei und sprachen erst wieder, als die Teller leer waren und sie auf ihren Espresso warteten.

„Unser Bruder hat heute früh geschrieben", berichtete Adèle. „Wir halten ihn telefonisch immer auf dem laufenden Stand der Ermittlungen. Er wird in den nächsten Tagen eintreffen, dann können Sie ihn persönlich kennenlernen."

Julie hatte kaum zugehört. Woher kannte Marlon Legrand den Namen der Toten?

„*Monsieur* Legrand, haben Sie irgendeine Idee, wo sie auf den Namen Marianne Rousse schon einmal gestoßen sind? War es beruflich? Oder eher privat? Bitte denken Sie nach, das könnte wirklich wichtig sein!"

„Geben Sie mir etwas Zeit", entgegnete der. „Ich werde darüber nachdenken. Sobald es mir einfällt, rufe ich Sie an."

***

Während Julie in dem Gourmetrestaurant speiste, fand sich Lisa in einer trostlosen Siedlung wieder, die sich am Stadtrand von Rennes befand. Die Farbe Grau dominierte hier alles. Die wenigen Grünflächen, die Lisa entdecken konnten, waren ungepflegt und voller Müll. Ein lieblos angelegter Spielplatz lag verlassen da. Ihr Blick wanderte die hohen Häuserschluchten hinauf. Irgendwo in dieser Einöde musste sich das Waisenhaus befinden, wo die Studentin Morgane ihre Kindheit und Jugend verbracht hatte. Nachdem sie mehrere Häuser abgelaufen und dabei auf Klingelschilder geschaut hatte, fand sie es endlich. Ein silbernes Schild an der Tür gab Preis, dass es sich in den ersten beiden Etagen befand. Lisa klingelte. Laut ihrer Aufzeichnung würde sie eine Sozialarbeiterin namens Valérie empfangen. So wie sie es am Telefon verstanden hatte, war sie eine der Bezugspersonen der Vermissten gewesen. Es dauerte eine Weile, bis der Türsummer ertönte. Lisa drückte die verschmutzte Glastür auf und trat ein. Ein süßlicher, unangenehmer Geruch umfing sie. Aus dem oberen Stockwerk konnte sie das Lachen und Rufen spielender Kinder hören. Ein Fernseher lief, aus einer anderen Etage ertönte laute Musik. Eine Tür unweit des Haupteinganges öffnete sich und eine ältere Dame mit grauen kurzen Haaren trat ihr entgegen. Sie war auffällig dünn und trug lange, silberne Ohrringe, die ihre Ohrläppchen weit nach unten zogen. Das grüne Filzkleid mit den orangenen Punkten, das sie trug, verlieh ihr etwas Lebendiges, auch wenn ihr Gesicht von vielen Falten zerfurcht war. Mit einem Lächeln im Gesicht trat sie auf Lisa zu und streckte ihr die Hand entgegen.

„Wir hatten telefoniert, oder? Herzlich willkommen. Am besten, wir sprechen in meinem Büro."

Sie führte Julie in einen kleinen, recht karg eingerichteten Raum, in dem ein Schreibtisch sowie ein runder Tisch mit vier Stühlen standen. Das Fenster ging auf den Hinterhof hinaus. Dort bot sie der Besucherin Tee an. Dann begannen die beiden Frauen zu sprechen.

„Sie möchten mit mir über Morgane Bergerac sprechen, oder? Damals, als sie vor sieben Jahren auszog, hatte ich das Gefühl, dass wir wieder von ihr hören würden."

„Warum?", fragte Lisa und nippte an ihrem heißen Tee.

„Morgane war ein nettes Mädchen, hilfsbereit und fleißig. Durch ihren Ehrgeiz hat sie es weit gebracht. Kaum einer unsere Hausbewohner schafft das Abitur. Bei Morgane war das anders. Sie war felsenfest entschlossen, Medizin zu studieren. Dafür hat sie Tag und Nacht gelernt. Oftmals habe ich sie abgefragt oder ihr bei den Hausaufgaben geholfen. Mit 17 Jahren hatte sie das Abitur in der Tasche. Bevor sie aber mit dem Studium begann, machte sie eine Ausbildung zur Krankenpflegerin."

„Wieso", hakte Lisa nach. „Waren ihre Noten zu schlecht für ein Hochschulstudium?"

Die Sozialarbeiterin schüttelte den Kopf.

„Sie hatte hervorragende Noten. Aber sie wollte erst etwas in der Hand haben, mit dem sie immer Geld verdienen konnte. Sie hatte, denke ich, Angst davor wie es wäre, allein zu leben, ohne mich und die festen Strukturen, die sie hier im Heim hatte. Sie brauchte Sicherheit, um ihren Alltag zu bewältigen. Durch die Ausbildung konnte sie noch über ein Jahr länger bei uns leben. Dann war Schluss. Das Amt drängte auf ihren Auszug und ich half ihr dabei, eine Studentenwohnung in Rennes zu finden. Ich glaube, sie war nicht besonders glücklich darüber, aber sie wusste, dass es keinen anderen Weg für sie gab. Irgendwann musste sie ja schließlich auf eigenen Beinen stehen."

Lisa hatte den Worten der Sozialarbeiterin verwundert zugehört. Sie konnte sich beim besten Willen nicht vorstellen, dass jemand freiwillig in diesem hässlichen Wohnblock bleiben wollte und dafür sogar erst später zu studieren begann.

„Warum war Morgane eine Sicherheit, ein festes Zuhause so wichtig?"

Valérie legte die Stirn in Falten.

„Was wissen Sie über Morgane?"

Lisa zuckte mit den Schultern.

„Wir sind, wie ich Ihnen bereits am Telefon sagte, im Rahmen einer Mordermittlung auf sie gestoßen. Sie gilt als vermisst. Bis auf die Aussagen ihres Professors und einiger Kommilitonen konnten wir bisher noch nicht viel über sie herausfinden."

„Morgane hatte immer Probleme den Alltag zu bewältigen. Ihre Eltern starben, als sie ein Baby war. Da es keine näheren Angehörigen gab, kamen sie und ihr Bruder zu uns. Schon als kleines Kind entwickelte sie, naja in der Umgangssprache würde man vielleicht Marotten dazu sagen. Sie wollte ihren Tee immer nur aus einer bestimmten Tasse trinken. Wenn diese nicht verfügbar war, verweigerte sie das Trinken. Anfangs war es noch im Rahmen des Normalen, aber mit der Zeit nahm ihr auffälliges Verhalten immer weiter zu. Trotzdem hat sie die Schule und ihr Leben in dieser Einrichtung gut gemeistert."

Lisa hatte ihren Tee ausgetrunken und stellte ihre letzte Frage.

„Hatten Sie in letzter Zeit Kontakt zu Morgane?“

Valérie schüttelte den Kopf.

„Nach ihrem Auszug aus dem Heim hat sie sich noch sporadisch bei mir gemeldet, aber es wurde mit den Jahren immer weniger. Das letzte Mal habe ich letztes Weihnachten eine Karte von ihr bekommen. Unser letzter Kontakt ist also schon fast ein Jahr her.“

Lisa bedankte sich und stellte die Tasse ins Waschbecken.

Kapitel 11

Bretagne

Die Sonne ging auf und ließ einen Schleier aus rotorangem Licht über die Klippen und das aufgewühlte Meer fallen. Ein starker Wind war über Nacht aufgekommen und toste über die Heide. Julie zog den Reißverschluss ihrer Regenjacke bis zum Kinn hoch und schob sich ihre Wollmütze noch tiefer in die Stirn. Sie hatte eine unruhige Nacht hinter sich. Nachdem sie sich gestern kurzfristig umentschlossen und ihren Ausflug zur *ferme* auf den nächsten Morgen gelegt hatte, war sie bereits am späten Nachmittag zuhause gewesen. Dort hatte sie den Rest des Tages mit Lesen und Nachdenken verbracht und war dabei immer wieder bei ihrem besten Freund Yanick gelandet. Wie es ihm jetzt wohl ging? Ob er sich im Süden wohlfühlte? Und noch eine Frage quälte Julie: Gab es eine neue Frau in seinem Leben? Immer wieder hatte sie sich in den letzten Monaten gefragt, wie es ihr heute ginge, wenn sie damals eine andere Entscheidung getroffen hätte. Wenn sie Yanick in ihr Leben gelassen hätte. Aber nun war es zu spät. Er war weg und er würde nicht wiederkommen. Dessen war sich Julie sicher. Irgendwann gegen Mitternacht war sie schließlich müde und völlig erschöpft vom vielen Grübeln eingeschlafen, nur um im Stundentakt von schlechten Träumen oder dem Wind, der ihre Fensterläden laut klappern ließ, aufgeweckt zu werden. Bereits um fünf Uhr in der Früh hatte sie sich einen starken Kaffee gekocht und sich auf einer Landkarte ihre heutige Route angesehen. Dann war sie losgefahren und um sechs Uhr in dem kleinen Küstenort angekommen, wo der schmale Weg die Klippen hinauf in die Heide führte. Im Ort waren die Gehsteige noch nach oben geklappt gewesen. Julie hatte keine Menschenseele getroffen.

Sie blieb stehen und ließ ihren Blick über die Weite des Meeres gleiten. Weit und breit war kein Fischerboot zu sehen, der heftige Wind hielt wohl die bretonischen Fischer von ihrer täglichen Arbeit ab. Langsam stieg sie weiter bergauf, immer den schmalen Pfad entlang, bis sie auf eine Hochebene kam, die mit ihrer eintönigen Hochmoorvegetation das gleiche Gefühl unendlicher Weite wie das Meer ausströmte. Nun konnte Julie die kleine *ferme* sehen, ein vom rauen Klima stark angefressenes Steinhaus, das hoch über dem Meer thronte und gleichzeitig majestätisch und klein wirkte. Nach einer weiteren halben Stunde stand sie vor der hölzernen Haustür und steckte den Schlüssel ins Schloss, den ihr der Dorfpolizist gestern ins Kommissariat geschickt hatte. Mit einem Knarzen öffnete sich die Tür und gab den Blick auf eine enge Diele frei. Julie trat ein und atmete tief durch. Die Polizei war bereits nach der Einbruchsanzeige hier gewesen. Sie hatte den Bericht dazu gelesen. Sie wusste selbst nicht, was sie hier noch finden wollte - ihre Kollegen hatten alles durchsucht. Aber sie wollte sich selbst ein Bild davon machen, wo sich Morgane Bergerac vor ihren vermeintlichen Verfolgern versteckt hatte.

Da sie wusste, dass *madame* Rousse das Tagebuch im Keller gefunden hatte, war dieser Ort ihr erstes Ziel. Schnell fand sie die Luke.

***

Als sie wieder Asphalt unter ihren Füßen fühlte, atmete Julie tief durch. Ihre kleine Exkursion zur *ferme* hatte nichts Neues gebracht. Sie hatte das Häuschen von oben bis unten durchgesucht, konnte aber nichts finden, was etwas über den weiteren Verbleib von Morgane hätte aussagen können. Julie gähnte und merkte plötzlich, wie müde sie war. Immerhin war sie seit fünf Uhr auf den Beinen und hatte seitdem auch nichts Richtiges gegessen. Sie blickte sich um, konnte aber keine Bar entdecken. Nur ein kleiner Laden, eine *superette*, öffnete gerade ihre Pforten. Eine ältere Dame, vermutlich die Verkäuferin, fuhr gerade Rollwägen vor den Laden, die mit Obststeigen beladen waren. Sie nickte Julie kurz unfreundlich zu und verschwand dann wieder im Geschäft. Kurzentschlossen überquerte Julie die Straße und trat ein. Die Alte war gerade dabei, Milchflaschen in den gläsernen Kühlschrank einzuräumen, als sie Julie bemerkte. Unfreundlich blaffte sie die Kommissarin an:

„Wir haben noch nicht geöffnet. Es ist acht Uhr. Kommen Sie um neun wieder!"

Julie seufzte. Die Unfreundlichkeit der Dorfbewohner Fremden gegenüber war ihr nicht unbekannt. Sie waren zuerst argwöhnisch, tauten aber gewöhnlich schnell auf und fassten Vertrauen, wenn Julie ihre Dienstmarke zeigte. Die Verkäuferin stellte da keine Ausnahme dar. Als Julie sich als Kommissarin ausgewiesen hatte, wurde die Dame sogleich redselig und beklagte sich lauthals über die vielen Touristen, die ihr kleines beschauliches Nest jeden Sommer überschwemmten und nichts als Müll daließen. Julie nickte einige Male verständnisvoll, bevor sie zu ihrem eigentlichen Anliegen kam. Sie zog ein Foto von Morgane, das sie von der Sekretärin des medizinischen Instituts bekommen hatte, an dem Morgane Bergerac studierte, hervor und zeigte es.

„Haben Sie diese junge Frau schon einmal gesehen?"

Die Alte wiegte den Kopf von einer Seite zur anderen und kniff ihre Augen zusammen. Schließlich nickte sie und blickte Julie verschwörerisch an.

„Das ist gar nicht so lange her, da ist die mir hier im Laden aufgefallen. Ist wieder und wieder die Gänge abgelaufen, hat Sachen aus den Regalen gezogen und dann wieder zurückgestellt. Komisches Ding."

Julie zückte ihr Notizbuch und schlug es auf.

„Wann genau war das?"

Nachdem ihr die Alte Datum und Uhrzeit genannt hatte, beschrieb sie ausführlich, was Morgane alles eingekauft hatte.

„Nur Fertigessen. Konserven. Ich habe mich gefragt, was so eine hübsche junge Frau mit so vielen Konserven will. Sie sah nicht aus wie eine Camperin oder eine dieser Weltreisenden, die hier manchmal mit ihren großen Rucksäcken und mit ungewaschenen Haaren auftauchen. Nein, so eine war die nicht. Ich habe ihr nachgeschaut, als sie ging. Ist den Hügel hinauf, die Klippen entlang ins Hochmoor. Ich habe mich gewundert, wo sie da wohl wohnt. Aber man weiß ja nie bei den jungen Leuten von heute. Ich habe mir fast ein bisschen Sorgen um sie gemacht, weil sie so einsam und etwas verwirrt wirkte. Umso erleichterte war ich, als ich sie in der Früh in den Bus habe steigen sehen."

Julie horchte auf.

„Wann war das?"

***

Das Büro des Medizinprofessors war penibel aufgeräumt. Ein weißer Schreibtisch dominierte den Raum. Die Wände waren von Bücherregalen bedeckt, deren Regalbretter sich unter der Masse der Fachliteratur bogen. Der Professor selbst war ein Mann mittleren Alters mit einem feingeschnittenen Gesicht, auf dem sich die ersten Fältchen abzeichneten. Sein dunkles Haar war bereits von vielen grauen Strähnen durchzogen. Auf seinem Schreibtisch fanden sich neben einem großen Bildschirm und der dazugehörigen Tastatur nur einige scheinbar gut sortierte Blätterstapel sowie ein gerahmtes Bild, das eine junge Frau mit zwei Kindern zeigte. Der Professor war Samuels Blick gefolgt und erklärte lächelnd.

„Meine Frau Chantal und unsere beiden Töchter. Sie sind gerade zu Besuch bei den Großeltern in Paris."

Samuel nickte und ließ sich auf den Besuchersessel fallen.

„*Professeur* Betrand, wir ermitteln in den Mordfällen Martin und Rousse sowie im Vermisstenfall Bergerac. Alle drei waren als Studentinnen an der Universität von Rennes eingeschrieben und besuchten Ihre Kurse. Schildern Sie mir, wie Sie die drei erlebt haben."

„Nun ja", *professeur* Betrand rieb sich die Schläfen. „Über Morgane Bergerac kann ich nur wenig sagen. Sie war eine unauffällige Studentin und hatte ihre Probleme mit den Inhalten des Studiums. Man merkte, dass sie aus keinem akademischen Umfeld kam. Sie bemühte sich redlich, aber ihre Noten waren stets nur Mittelmaß. Ich habe zudem gehört, dass sie wohl mit psychischen Problemen zu kämpfen hatte. Außerdem musste sie viel arbeiten, um sich das Studium zu finanzieren. Trotzdem hat sie jede Prüfung auf Anhieb bestanden, wenn auch nicht mit der Bestnote. *Mademoiselle* Martin war eine äußerst engagierte Studentin, vor allem, nachdem sie im vergangenen Semester durch eine wichtige Prüfung gefallen war. Sie war überaus bemüht, diese nun zu bestehen. Wie wir beide wissen, war ihr das leider nicht mehr möglich."

Er verstummte, als sich die Tür öffnete und eine Frau mit einem Tablett hereinkam.

„Ich habe Ihnen Kaffee gekocht", verkündete sie und stellte zwei Tassen auf dem Tisch ab.

„Inès Soleil, meine Mitarbeiterin", erklärte Betrand mit einem kurzen Kopfnicken in ihre Richtung und Samuel reichte ihr die Hand.

„*Madame,* können Sie mir etwas zu den drei Studentinnen Martin, Rousse und Bergerac sagen?"

Die Frau überlegte kurz, so als ob sie sich nicht sicher wäre, und schüttelte dann den Kopf.

Mit einem auffordernden Winken beförderte sie ihr Chef schließlich höflich, aber bestimmt aus dem Raum.

„Bleibt noch Marianne Rousse", fuhr er mit seinen Ausführungen fort. „Über sie weiß ich ebenfalls nur sehr wenig. Sie war eine selbstbewusste junge Dame, die sehr von sich überzeugt war. Ich hatte sie ein, zweimal in meiner Sprechstunde sitzen, weil sie sich von mir ungerecht benotet fühlte. Es dauerte etwas, bis sie sich mit den Gepflogenheiten und Regeln unserer wissenschaftlichen Einrichtung vertraut gemacht hatte."

Das Telefon klingelte, *professeur* Betrand hob ab, lauschte, und hob, nachdem er aufgelegt hatte, entschuldigend die Hände.

„Verzeihen Sie, *monsieur le commissaire*. Die Pflicht ruft. Wenn Sie noch Fragen haben, wenden Sie sich bitte jederzeit an mich."

***

Anstatt eines Mittagessens verabredeten Julie, Lisa und Samuel ein Treffen im Kommissariat, um alle Neuigkeiten des Falles zu besprechen. Es war noch kälter geworden und Schneeflocken wirbelten am Bürofenster vorbei, als die drei sich um den runden Besprechungstisch niederließen. Vor Julie lag das sonderbare Tagebuch von Morgane.

„Beginnen wir hiermit", sagte Julie und deutete auf das kleine Büchlein. „Es enthält tägliche Eintragungen. Morgane scheint sich darin selbst von Dingen überzeugen zu wollen. So finden sich wiederholt Einträge, die beschreiben, dass sie nichts verloren hat. Oder sie beschreibt intensiv Geschmäcke oder Gerüche und versucht sich dabei selbst zu überzeugen, dass diese normal waren. Ich werde nicht ganz schlau aus diesem Buch." Lisa nahm das Büchlein in die Hand und blätterte darin herum.

„Der letzte Eintrag beschreibt, wie sie immer wieder die *ferme* und das Gelände darum absucht, um sicherzustellen, dass sie nichts vergessen hat, was einen Hinweis auf ihre Person geben könnte. Umso tragischer scheint es, dass sie genau dieses Buch nun dort liegengelassen hat. Meint Ihr, Sie kehrt zurück, um es zu holen?"

„Der Gedanken ist mir auch schon gekommen", sagte Julie. „Aber ich denke, Sie ist schon weit weg von der *ferme*. Sie fühlt sich verfolgt und muss schreckliche Angst haben. Es wäre unvernünftig, zurückzukehren. Für den unwahrscheinlichen Fall hat die Dorfpolizei auf meine Bitte hin einen Mann in der *ferme* positioniert, der sie erwartet, falls sie kommt."

Lisa zog ihre Unterlagen aus einer Mappe hervor und begann nun, die Ergebnisse ihrer Recherche darzulegen.

„Ich habe mit Freunden und Verwandten der Opfer gesprochen. Entgegen der Aussage von *madame* Rousse hatte Marianne wohl unregelmäßigen Kontakt zu ihrem Vater. Er kam sie gelegentlich in Rennes besuchen. Er reist morgen an und steht für ein Gespräch bereit. Er kannte wohl auch Juliette und Morgane und berichtete von einer engen Freundschaft zwischen den drei Frauen. Interessant war vor allem folgendes: Ich habe mit der Betreuerin von Morgane im Kinderheim gesprochen. Sie beschreibt Morgane als eine ängstliche Frau mit psychologischen Auffälligkeiten. Und: Morgane hat noch einen Bruder – Marc."

Gerade als Julie etwas sagen wollte, klingelte ihr Handy. Sie kramte es aus ihrer Handtasche und sah, dass der Anrufer der Hotelerbe Marlon Legrand war. Schnell nahm sie den Anruf an und lauschte. Als sie aufgelegt hatte, sah sie in die Runde.

„Wir haben eine Verbindung zwischen Marianne Rousse und dem *Hôtel de la Plage*. Laut *monsieur* Legrand hatte sich Marianne für einen Studentenjob im Hotel beworben, war aber abgelehnt worden. Bei Marlon hatte, als ich den Namen des Opfers erwähnte, etwas geklingelt und er hat recherchiert."

„Wissen wir, warum sie abgelehnt wurde?", fragte Samuel.

„Es war wohl eine Blindbewerbung und keine aktuelle Stelle frei. Die Bewerbung wurde aber archiviert, für den Fall, dass mal Bedarf an einer Hilfskraft besteht. Aber was mich wundert…"

Julie legte die Stirn in Falten und blätterte in ihren Unterlagen. „…ist, dass Marlon sich an den Namen erinnert. Schließlich ist doch seine Schwester Adèle für den Bereich Human Ressource verantwortlich und müsste folglich über die Bewerbung gestolpert sein."

Kapitel 12

Provence

Nervös lief sie um den Tisch herum, immer wieder im Kreis, so als wäre sie ein Hamster im Rad. Schließlich blieb sie stehen, verharrte einen Moment in Regungslosigkeit, nur um dann sogleich mit den Fingern auf die Tischplatte zu hämmern.

„Beruhige dich", fuhr er sie an und warf ihr einen wütenden Blick zu. Ihre Angst machte alles nicht besser. „Du machst nur alles schlimmer!"

Ein Schluchzen drang aus ihrer Kehle. Sie schlug sich die Hand vor den Mund und wimmerte.

„Es hätte alles gut werden können. Warum habe ich nie Glück, niemals. Immer wenn ich denke es geht bergauf, kommt ein Rückschlag. Und aus dieser Sache komme ich nicht mehr heraus!"

Nervös begann sie, an ihren wunden, rissigen Händen zu kratzen.

„Lass das", fuhr er sie erneut an.

„Wir müssen einen klaren Kopf bewahren. Wer, sagst du, weiß alles Bescheid?"

Mit einem lauten Seufzer ließ sie sich auf einen Stuhl fallen und begann von Neuem zu erzählen.

***

Der Morgen war klar und kühl. Keine Wolke war am Himmel zu sehen. Yanick spazierte langsam den Hügel hinauf. Um diese Zeit war keine Menschenseele weit und breit zu sehen. Eine angenehme, fast meditative Ruhe lag über dem Land. Yanick war mit Gigi diesen Weg schon oft gegangen. Er führte durch ein märchenhaftes Wäldchen aus Steineichen stetig bergan, bis er sich auf einer Hochebene verlor, wo sich die alte Ruine befand. Im Sommer hatte die Polizei allerhand zu tun, um die Jugendlichen von Bartavelle davon abzuhalten, dort Partys zu feiern. Zu dieser Jahreszeit war es hier aber einsam und still.

Gigi bellte und lief voran, die Nase immer schnüffelnd auf dem Boden. Er schien die Spur eines Hasen aufgenommen zu haben. Durch die Bäume schimmerten Sonnenstrahlen und begannen den nassen Boden zu wärmen. Es roch nach Erde und Kräutern. Plötzlich, wie aus dem Nichts, brach ein knatterndes Geräusch die Stille und zwischen den Steineichen tauchte ein Motorrad auf, das den Pfad hinabgesaust kam. Yanick konnte noch schnell zur Seite springen, da war es schon an ihm vorbei. Wütend schickte er dem Fahrer eine Schimpftirade hinterher. Er würde später im Kommissariat einen Aktenvermerk machen. Die Jugendlichen schienen das Areal nun auch zum Motocross Fahren zu nutzen. Das ging eindeutig zu weit und gefährdete Wanderer.

Gigi, der ebenfalls erschrocken zur Seite gesprungen war, stand nun neben ihm. Seine Schnauze ragte in die Luft, er schien etwas zu riechen und knurrte aufgeregt.

„Alles gut, Gigi. Das war ein Idiot. Lass uns weiter gehen!"

Aber der Hund bewegte sich nicht vom Fleck und begann nun auch noch laut zu bellen. Und jetzt bemerkte es Yanick auch. Der Wind, der vorher noch den Duft von Kräutern und nasser Erde durch die Luft getragen hatte, blies nun etwas anderes heran. Den beißenden Geruch nach Rauch. Der Wald brannte!

***

„Hier ist dein Kaffee. Was war denn los?"

Philippe stellte Kaffee und Wasser vor Yanick und dessen Chef und blieb, auf eine Antwort wartend, am Tisch stehen. Auch die anderen Dorfbewohner, die sich in der Bar versammelt hatten, lauschten neugierig.

„Ein Feuer in den Hügeln", erklärte Yanick. „Die Feuerwehr und die Spurensicherung sind vor Ort!"

Philippe nickte und ging wieder hinter die Bar zurück. Er wusste, dass sein Freund nicht zu viel erzählen dürfte. Er würde ihn später bei einem Bier nochmals in Ruhe fragen. Auch die anderen widmeten sich nun wieder ihren Getränken und dem alltäglichen Dorftratsch, während Yanick seinen Chef auf den neuesten Stand brachte.

„Ich habe dann sofort die Feuerwehr gerufen und bin zum Auto zurück. Das Feuer war recht schnell gelöscht. Im Sommer hätte es sicherlich zu einer Katastrophe geführt, aber im Winter hat es sich nicht so schnell ausgebreitet. Aber jetzt wird es spannend. Brandursprung war ein Auto. Und wir haben es hundertprozentig mit Brandstiftung zu tun. Antoine von der Feuerwehr hat diese Info bereits herausgegeben."

„So wie du schaust, war das aber noch nicht alles", überlegte Choucroute und schlürfte von seinem Kaffee. Dann zog er eine Packung filterloser Zigaretten hervor und zündete sich eine an.

„Da hast du Recht, Chef. Das war tatsächlich nicht alles. Bis zu diesem Punkt war ich fest davon ausgegangen, dass hier gelangweilte Jugendliche am Werk gewesen waren. Aber im Auto wurde eine Leiche gefunden. Sie ist bereits in Marseille in der Gerichtsmedizin und ich hoffe, von dort bald Informationen zu bekommen."

Sein Chef begann laut zu husten, doch noch während er von einem Hustenanfall geschüttelt wurde, zündete er sich die nächste Zigarette an. Es dauerte eine Weile, bis die beiden Polizisten das Gespräch fortführen konnten.

„Da sind innerhalb einer kurzen Zeit eine Menge ungewöhnlicher Dinge in unserem schönen Bartavelle passiert", resümierte Yanicks Chef. „Zuerst diese Einbrüche, dann eine Brandstiftung, und schließlich sogar eine Leiche. Könnte es Selbstmord gewesen sein?"

„Schon möglich", überlegte Yanick. „Der oder die Tote saß auf dem Beifahrersitz, unangeschnallt. Ich habe die

Tatortfotos bereits im Büro gesammelt und aufgehängt. Wollen wir los?“

Sein Chef schüttelte den Kopf und winkte Philippe herbei. „Nicht bevor ich noch einen Kaffee und ein Croissant gefrühstückt habe.“

Kapitel 13

Bretagne

Julies Tag begann mit einem Zusammentreffen der unangenehmen Art. Der Anwalt der Hoteliers, Laurence Kœnik, war ein alter, unsympathischer Mann, der seinen Reichtum und seine Position offen zur Schau trug. Er ließ Julie über eine halbe Stunde warten, bevor sie von seiner Sekretärin in ein schickes Büro geführt wurde. Insgeheim hatte Julie auf einen starken Kaffee gehofft, aber schnell war ihr klar geworden, dass sie diesen hier nicht bekommen würde.

„Ich bin ein vielbeschäftigter Mann", eröffnete der Anwalt das Gespräch mit einer Floskel, als er sein Büro betreten und Julie, anstatt ihr die Hand zu geben, nur zugenickt hatte.

„Bitte halten Sie sich kurz. Ich bin bereits von meinen Klienten, der Familie Legrand, ins Bild gesetzt worden über den Grund Ihres Besuches. Und ich kann nur vorschicken: Ich bin der falsche Ansprechpartner. Ich habe nichts Wichtiges zu Ihren Ermittlungen beizutragen."

Julie unterbrach den Redestrom mit einer forschen Handbewegung.

„Was wichtig ist und was nicht lassen Sie bitte mich entscheiden", konterte sie genauso selbstbewusst und arrogant wie zuvor Kœnik.

„Aber Sie als Person sind durchaus von Interesse für mich und meine Ermittlungen. Denn neben den Legrands sind Sie der einzige mit einem Schlüssel zum Privatbereich des Hotels. Und auf diesem Weg, da sind wir uns sicher, ist das Opfer ins Haus gekommen. Ihre Klienten beteuern, damit nichts zu tun zu haben. Bleiben Sie…"

Kœnik lächelte spöttisch auf Julie herab und blickte sie durchdringend an, bevor er weitersprach.

„Gute Frau, ich kenne meine Rechte. Ich bin schließlich vom Fach. Sie können mir nur wegen eines Schlüssels, den ich besitze, nichts unterstellen. Er könnte mir schließlich gestohlen worden sein."

„Und?", fragte Julie. „Ist er das? Gestohlen worden?"

Sie hatte die Bemerkung Kœniks eher rhetorisch interpretiert. Umso erstaunter war sie, als der alte Mann sagte:

„Ja, das ist er tatsächlich. Vor etwa drei Wochen. In einer Bar. Nun ja, ich bekenne mich schuldig, *madame le commissaire*. Ich habe mir einen Schlüssel stehlen lassen und habe es unterlassen, die Legrands darüber zu informieren. Ich bin ein alter, vergesslicher Mann. Es sei mir verziehen. Mehr habe ich Ihnen nicht zu sagen."

Julie ließ sich Ort und Zeit des Diebstahls nennen und notierte alles genau. Bevor sie sich erhob, stellte sie ihm noch eine Frage:

„Wo waren Sie als die beiden jungen Frauen ermordet wurden?" Sie nannte die Tatzeiträume. Kœnik hatte sich bereits hinter seinem massiven Mahagonieschreibtisch niedergelassen und hatte schon den Telefonhörer in der Hand.

„Meine Sekretärin wird Ihnen meine Alibis zukommen lassen. *Au revoir*!"

***

Hatte Julies Tag unangenehm begonnen, so ging er ebenso weiter. Als sie das Büro des Anwalts verlassen hatte, bemerkte sie, dass es bereits spät war. Sie musste schnell weiter zu ihrem nächsten Termin – der Vater von Marianne Rousse war gekommen, um sie zu treffen. Julie erhoffte sich viele neue Informationen. Der Treffpunkt war ein Café in Rennes. Julie sprang in ihr Auto und fuhr los. Zeit für einen Kaffee blieb nicht. Sie hasste es, ohne Kaffee im Blut Auto zu fahren. Um nicht einzunicken, drehte sie das Radio laut und kurbelte das Fenster hinunter. Kalter Wind blies ihr ins Gesicht und ihre Lebensgeister kehrten langsam wieder.

Kœnik war wirklich ein unsympathischer Mann gewesen. Er musste schon über achtzig sein, wenn er die Familie Legrand bereits seit fünfzig Jahren juristisch beriet. Aber anscheinend ließ er sich trotz des fortgeschrittenen Alters in seiner Kanzlei nicht vom Thron stoßen. Ob sie ihm die Geschichte mit dem gestohlenen Schlüssel glauben sollte? Warum hatte er das nicht schon vorher gemeldet? Über das Autotelefon rief sie Marlon Legrand an. Er meldete sich bereits nach dem ersten Klingeln.

„*Monsieur* Legrand, ich habe gerade Ihren Anwalt, *monsieur* Kœnik getroffen. Er hat ausgesagt, dass ihm der Schlüssel zu Ihrem Hotel bereits vor drei Wochen gestohlen wurde. Haben Sie davon gewusst?"

„Nein, natürlich nicht. Das hätte ich Ihnen doch mitgeteilt. Außerdem hätte das Folgen gehabt. Das Schloss wäre natürlich sofort ausgetauscht worden. Es ist zwar ein teures Spezialschloss, aber die Sicherheit steht bei uns an höchster Stelle. Ich werde sofort mit Laurence sprechen. Das geht so nicht."

„Ist Ihr Bruder inzwischen schon wieder im Lande?"

Am anderen Ende entstand ein kurzes Schweigen.

„Er sollte heute eintreffen. Ich werde ihm sagen, dass er Sie sogleich anrufen soll!"

„*Merci et au revoir, monsieur* Legrand."

Nachdem sie in Rennes an der Universität geparkt hatte, ging sie zum Café. Ein Blick auf die Uhr verriet ihr, dass sie bereits etwas zu spät war. Hoffentlich würde Rousse warten.

Paul Rousse war ein attraktiver, großgewachsener Mann im besten Alter. Seine sportlich-legere Kleidung wirkte passend und verlieh ihm einen jugendlichen Touch. Er lächelte sie an und erhob sich, um ihr die Hand zu schütteln.

„*Madame le commissaire,* ich hatte schon befürchtet, Sie hätten mich vergessen", begrüßte er sie.

Julie ließ sich ihm gegenüber auf einen Stuhl gleiten und gab der Kellnerin ein Zeichen. Dann kramte sie ihr Notizbuch aus der Tasche.

„*Monsieur* Rousse, zuerst möchte ich Ihnen mein Beileid aussprechen. Es tut mir leid, dass ich um dieses Treffen bitten musste, aber es ist wichtig, dass wir alle relevanten Informationen zu Marianne sammeln."

Ihr Gegenüber lächelte immer noch.

„Aber ich bitte Sie, *ma chère*. Ich freue mich doch, so eine hübsche Dame zu treffen. Fragen Sie nur", ermunterte er sie.

Julie war verwirrt. Dieser Mann hatte gerade erst seine Tochter verloren und nun saß er hier und flirtete mit ihr? Sie konnte es nicht fassen.

„Wie war Ihr Kontakt zu Marianne?"

Er überlegte kurz.

„Ich würde sagen, wir haben uns ganz gut verstanden. Wie Freunde? Oft haben wir uns nicht gesehen, schließlich lebe ich nicht in Rennes, wie Sie ja wissen. Manchmal kam Marianne mich mit ihren beiden Freundinnen besuchen. Drei-, viermal vielleicht. Das war ganz nett. Aber vor einiger Zeit musste ich meine Unterstützung, die finanzielle, einstellen. Ich hatte einige, sagen wir mal, Hürden im Job. Nichts Schlimmes!" Er kicherte nervös.

„Wissen Sie, wie Ihre Tochter sich dann das Studium weiter finanziert hat? Soweit wir informiert sind, hat die Mutter nichts dazu beigetragen."

Er schnaufte verächtlich und verzog den Mund.

„Die hat sich nie um Marianne gekümmert. Die denkt nur an sich selbst. Ich habe jahrelang monatlich Finanzspritzen an meine Ex geschickt, bis ich erfahren habe, dass Marianne nichts davon abbekommen hat."

„Wie haben Sie das denn erfahren, wenn Sie gar keinen Kontakt mehr zu Ihrer Exfrau haben?"

„Na von Marianne. Als sie nach Rennes zog, brach sie den Kontakt zu ihrer Mutter ab und rief mich an. Anscheinend hat ihr die Alte jahrelang vorgelogen, dass ich mich um alles drücken würde. Zum Glück hat Marianne ihre Mutter durchschaut und mir geglaubt. Nachdem ich sie nicht mehr unterstützen konnte, habe ich ihr dazu geraten, sich einen Job zu suchen. So machen es doch die meisten Studenten. Ich denke, sie hat sich meinen Rat zu Herzen genommen."

Das Gespräch zog sich weiter, doch Julie konnte von Mariannes Vater keine Neuigkeiten erfahren. Obwohl er sich als guter Vater präsentierte, schien er seine Tochter nicht wirklich gekannt zu haben. Julie verspürte Mitleid mit der toten Studentin. Anscheinend hatten sich beide Elternteile nicht sonderlich für sie interessiert. Kein Wunder also, dass sie sich so an ihre Freundinnen gebunden hatte.

Schließlich beendete Julie das Gespräch und verabschiedete sich. Dieses Treffen hatte nichts gebracht und ihr nur wertvolle Zeit geraubt.

Provence

Vor ihnen stand ein großer Topf mit dampfender *bouillabaisse*. Yanick tauchte den Schöpflöffel ein und füllte seinen und Philippes Teller. Der entkorkte währenddessen eine Flasche Rosé und erzählte gut gelaunt von seinem Tag.

„Früher war Bartavelle im Dezember menschenleer. Inzwischen verirren sich immer wieder mal Touristen her, wenn auch nur wenige. Seit es die Ferienwohnungssiedlung außerhalb vom Dorf gibt, fängt das Geschäft mit den Urlaubern auch im Winter ganz gut zu laufen an. Auf jeden Fall stand heute Früh dieser Holländer vor mir und ich verspreche dir, ich habe wirklich nicht verstanden was er wollte. Er weigerte sich partout Englisch mit mir zu sprechen und wollte wohl unbedingt beweisen, wie gut er Französisch beherrscht. Naja, irgendwann habe ich aufgegeben und ihm einfach ein Croissant und einen *café au lait* gebracht. Das scheint gepasst zu haben."

Die beiden Freunde lachten. Yanick hatte einen anstrengenden Tag im Büro verbracht. Zusammen mit seinem Chef hatte er Tatortfotos ausgewertet und mit Zeugen gesprochen. Die waren rar gesät - der einzige wirkliche Zeuge war schließlich er selbst. Sie hatten eine Fahndung nach dem Motorrad herausgegeben, aber da er weder das Kennzeichen noch den Typ kannte, würde das nicht viel bringen.

Außer schwachen Reifenabdrücken hatten sie keine brauchbaren Spuren auswerten können. Das Feuer hatte viel zerstört. Den Wagentyp hatten sie allerdings bestimmen können - ein Citroen C3 in blau. Aber auch das brachte sie erst einmal nicht weiter. Yanick hoffte auf die Gerichtsmedizin. Sobald sie wussten, wer der Tote war, würde Fahrt in die Ermittlung kommen.

„Morgen Abend lade ich ein paar Freunde zum Essen zu mir ein", holte ihn Philippe aus seinen Gedanken. „Ich würde mich freuen, wenn du auch kommst!"

Yanick nickte. Er hatte ohnehin nichts vor und es täte ihm sicherlich gut, neue Leute kennenzulernen. Sein Sozialleben in Bartavelle beschränkte sich nach wie vor auf seinen Chef, Philippe und gelegentliche Smalltalks mit den alten Trinkern aus der Bar.

„Schau, schon wieder Touristen."

Philippe zeigte auf ein Auto mit Pariser Kennzeichen, das vor der Bar hielt. Ein Mann und eine Frau stiegen aus, blickten sich kurz um und setzten sich dann an einen Tisch unweit von Yanick. Die Frau war auffällig blass und nestelte nervös an ihrer Handtasche herum. Der Mann wirkte beinahe unbeteiligt.

Philippe blickte sich um, konnte aber seinen Kellner nicht entdecken.

„Na, da muss der Chef wohl selbst arbeiten", sagte er mit einem Lachen, legte seinen Suppenlöffel bei Seite und stand auf, um die beiden zu bedienen.

Gerade als Yanick sich noch eine Portion der wohlschmeckenden Suppe nehmen wollte, klingelte sein Handy. Es zeigte eine Marseiller Nummer.

„Yanick? Hier ist Jeanne vom gerichtsmedizinischen Institut. Ich soll Ihnen liebe Grüße von meinem Chef, *docteur* Petit, sagen, er hat Sie nicht vergessen und kann Sie morgen umfassend informieren und Ihnen den Bericht geben. Er fragt, ob Sie nach Marseille kommen können. Er hätte Lust auf ein Mittagessen."

Yanick lachte. Petit war ein charmanter, alter Herr mit grauen Haaren und einer kleinen, runden Brille. Er stand kurz vor der Pensionierung und war bekannt dafür, dass er Geschäftsbesprechungen am Liebsten in seinem Stammlokal im *Vieux Port* abhielt. Sein Ruf als Gourmet aber auch als begnadeter Koch war legendär in Polizeikreisen. Jeanne, seiner attraktiven Assistentin, war Yanick erst einmal begegnet. Allerdings hatte dieses eine Mal gereicht, um einen bleibenden Eindruck zu hinterlassen. Sie war weder klassisch schön noch besonders auffällig, aber ihr ruhiges Wesen und ihre dunkelblauen Augen waren ihm in Erinnerung geblieben. Früher, in seinem alten Leben, hätte er sie vielleicht kurzerhand auf einen Kaffee eingeladen. Aber nach Julie war alles anders. Er brauchte Zeit.

Philippe kam zurück und ließ sich wieder am Tisch nieder.

„Komisches Pärchen. Er wirkt entspannt, aber sie ist nervös und redet ständig auf ihn ein. Scheint so, als ob sie ihm tierisch auf die Nerven geht, der Arme! Die Ehe hält sicher nicht mehr lange."

Er zuckte mit den Schultern und aß weiter.

„Philippe, ich muss los. Danke für die Einladung. Ich freue mich auf morgen Abend! *Au revoir et bon soir.*"

14. Kapitel

Provence

„Die Gerichtsmedizin lädt ein!"

Petit breitete die Arme aus und machte eine einladende Bewegung.

„Besonders empfehlen kann ich die *bouillabaisse* oder die *moules frites*. Oder beides!" Er grinste und winkte den Kellner herbei. Dann bestellte er beide Gerichte für sich und Yanick und dazu eine Flasche Weißwein.

„Das Leben ist zu kurz für Mineralwasser", schob er erklärend hinterher. „Wissen Sie, ich gehe bald in den Ruhestand. Ich möchte die letzte Zeit meiner Berufstätigkeit noch genießen. Und wo ginge das besser als hier in diesem wunderbaren Restaurant."

Der Kellner brachte den Wein und die beiden Männer prosteten sich zu.

Dann kam Yanick zum eigentlichen Grund ihres Treffens.

„Jeanne hat mir heute früh mitgeteilt, dass es einige Ergebnisse aus der Obduktion zu vermelden gibt. Legen Sie los, *docteur* Petit."

„Nun ja, zu allererst ist zu sagen, dass das Feuer nicht die Todesursache war. Unser Toter - es war übrigens ein Mann - war da bereits tot. Grund seines Ablebens war starke Gewalteinwirkung auf den Hinterkopf mit einem flachen Gegenstand. Ich vermute, ein Stein. Zahnabgleich und DNA-Probe sind in Arbeit. Da kommt sicher bald mehr."

Er unterbrach, als der Kellner die *moules frites* brachte, in einem Weißwein-Zwiebel-Sud gekochte Muscheln. Die beiden machten sich sogleich darüber her.

„Das schmeckt köstlich", sagte Yanick und tunkte ein Stück Weißbrot in die würzige Sauce.

„Was können Sie mir über den Todeszeitpunkt sagen."

Der Gerichtmediziner kratzte sich am Kopf.

„Etwa zwölf Stunden bevor das Feuer gelegt wurde, schätze ich. Die Verbrennungen waren schwer, eine genaue zeitliche Einordnung hat das unmöglich gemacht."

„Warum", reflektierte Yanick", „ermordet jemand einen Mann, und zündet dann erst zwölf Stunden später sein Auto an?"

„Erstens", warf Petit ein, „wissen wir noch gar nicht, wem das Auto gehörte. Und zweitens kann das einen ganz plausiblen Grund haben: Der Täter hat im Affekt gehandelt, ist nach dem Mord abgehauen und hat dann kalte Füße bekommen. Vielleicht dachte er, mit dem Feuer könnte er Spuren verwischen. Das ist ihm ja auch gelungen." „Stimmt, das klingt logisch", erwiderte Yanick und machte sich einige Notizen in seinem Buch.

„Das würde bedeuten, es war ein Mord im Affekt und unser Täter ist nicht vom Fach. Wir müssen unbedingt wissen, wer unser Toter ist. Ich mach da nochmal Druck!"

Bretagne

„Ein Fax für euch!"

Eine Praktikantin legte Julie ein Blatt auf den Schreibtisch und verschwand wieder durch die Tür.

Interessiert griff Julie nach dem Dokument, begann zu lesen, stutzte, winkte Lisa mit der linken Hand herbei, und las dabei weiter.

„Sieh dir das an, Lisa! Das bringt Bewegung in unsere Ermittlung."

Sie reichte Lisa das Blatt, die, auf Samuels Drängen hin, laut vorlas.

„Liebe Kollegen, anbei schicke ich euch einen aktuellen Befund aus einer Mordermittlung, die ich in Bartavelle durchführe. Es handelt sich um einen männlichen Toten, der in den Hügeln oberhalb von Bartavelle in einem Auto verbrannt gefunden wurde. Das gerichtsmedizinische Gutachten schicke ich mit. Der Tote kommt aus Saint-Malo, daher dachte ich, es könnte euch interessieren. Haltet mich auf den Laufenden. Yanick!"

Samuel war aufgestanden und blickte Lisa über die Schulter.

„Und wer ist der Tote?"

„Malo Legrand - unser Hotelier"!

***

Adèle Legrand wurde immer wieder von Weinkrämpfen geschüttelt. Zusammengesunken saß sie auf der Couch, ein Stofftaschentuch zwischen ihren Fingern zerknüllt. Ihr Bruder Marlon stand nicht minder erschüttert an den Kaffeetresen gelehnt und blickte Julie an.

„Gibt es keine Zweifel?", fragte er zum wiederholten Male nach.

Die Kommissarin schüttelte den Kopf.

„Der DNA-Nachweis hat eindeutig ergeben, dass es sich bei der verbrannten Leiche um ihren Bruder Malo handelt. Sie sagten mir doch, er sei in der Karibik. Warum finden wir dann seine Leiche in der Provence unweit von Marseille."

Marlon war aufgestanden und tippte etwas in seinen Computer ein.

„Ich habe Malos Zugangsdaten, ich kann seine Flugverbindung überprüfen."

Nach einer Weile pfiff er durch die Zähne.

„Hier haben wir es. Er hatte tatsächlich einen geplanten Zwischenstopp in Marseille. Das erklärt einiges."

Er setzte sich Julie gegenüber.

„Aber es erklärt nicht, warum mein Bruder jetzt tot ist, auf so grausame Weise umgekommen. Ich muss seine Partnerin informieren!"

Er stand auf und griff nach seinem Handy.

„Wissen Sie, ob Ihr Bruder Freunde oder Verwandte im Süden hatte? Ist es möglich, dass er sich dort an jemanden gewendet hat?"

Adèle tauchte aus ihrer Versenkung auf und schüttelte den Kopf.

„Ich wüsste niemanden. Du, Marlon?"

„Kommen nicht Jades Eltern aus St. Tropez?", fragte er und fügte erklärend hinzu: „Jade, das ist seine Freundin – war seine Freundin. Ich muss sie anrufen. Sie weiß von alldem noch gar nichts."

„Warum ist sie nicht mitgefahren in den Karibikurlaub?", interessierte sich Julie.

„Sie ist eine vielbeschäftigte Frau, Rechtsanwältin, und leitet eine große Beraterfirma. Sie konnte sich nicht freinehmen. Meistens ist Malo allein in Urlaub geflogen. Es war schon das vierte Mal, dass er dort war, immer das gleiche Hotel. Er hat davon geschwärmt. Wissen Sie, sein Job als Pressesprecher unseres Unternehmens war kein einfacher. Er brauchte diese Auszeiten – weg von allem *business*. Als wir das letzte Mal sprachen, überlegte er, sogar ganz dorthin überzusiedeln, ein Hotel aufzumachen. Ich fand die Idee eigentlich ganz gut. Die Karibik ist Tummelplatz der reichen Franzosen. Ein schickes Hotel auf einer französischsprachigen Insel könnte eine Goldgrube werden. Tatsächlich hatte Malo schon ganz konkrete Pläne dazu."

„Und was hielt seine Freundin von diesen Plänen?", wollte Julie wissen.

Marlon zuckte mit den Schultern.

„Das müssen Sie sie selbst fragen. Jade ist ganz nett, aber viel Kontakt haben wir nicht zu ihr. Wie gesagt, sie ist eine vielbeschäftigte Frau."

Julie ließ sich noch die Kontaktdaten dieser Jade und die Flugnummern geben und machte sich dann auf den Weg ins Büro. Der Tod des Hoteliers hatte alles verändert.

Philippes Wohnung war in einem der hohen Stadthäuser untergebracht, die sich am Hauptplatz von Bartavelle befanden. Praktischerweise hatte er eine Wohnung zwei Stockwerke über seiner Bar ergattert, so dass sein Arbeitsweg äußerst kurz war. Wie alle dieser schlecht renovierten Häuser, war auch dieses in einem erbärmlichen Zustand. Die Fenster waren kaum isoliert und es zog. Eine Zentralheizung gab es nicht, so dass Philippe seine Dreizimmerwohnung mit kleinen Elektroöfen beheizen musste, die, so war sich Yanick sicher, eine Menge Strom fraßen und teuer waren. Insgesamt, so fand Yanick, hatte Philippe das Beste aus den Räumen gemacht. Im Wohnzimmer hing ein großer Flachbildfernseher an der Wand vor einer einladenden Sofalandschaft. Eine gut ausgestattete Bar mit erlesenen Schnäpsen zog Yanicks besonderes Interesse auf sich.

„Echt komisch, dass du noch nie bei mir warst", meinte Philippe und stellte ein Tablett mit Knabbereien auf den Couchtisch.

„Das nächste Mal, wenn unsere *équipe* spielt, schauen wir uns das Spiel an meinem großen Bildschirm an, *d'accord*?"

Yanick nickte begeistert. Zwar war er kein großer Fußballfan und hatte auch nicht viel Ahnung von diesem Sport, aber er liebte die Stimmung, die aufkam, wenn ein Tor fiel. Und einen Männerabend mit Bier und Chips, ganz nach dem Klischee, ließ er sich sowieso nicht entgehen.

Es klingelte und die nächsten Gäste kamen. Philippe begrüßte alle sehr herzlich und stellte sie seinem bretonischen Freund vor.

„Das ist mein ältester Freund Victor!"

Er deutete auf einen großgewachsenen Mann mit halblangen dunklen Haaren und sympathischen grünen Augen. Yanick reichte ihm die Hand und stellte sich vor. Hinter ihm stand eine junge Frau.

„Das ist meine Schwester Lille. Sie ist gerade zu Besuch!“

Die junge Frau kam hinter ihrem Bruder hervor und lächelte schüchtern in die Runde.

„Wo kommen Sie denn her?“, fragte Philippe verwundert. „Ich wusste ja gar nicht, dass du eine Schwester hast, Victor. Das hast du mir verschwiegen.“

Victor zuckte mit den Schultern.

„Wir sind nicht zusammen aufgewachsen, eigentlich sind wir auch nur Halbgeschwister! Und, was hast du Gutes gekocht?“, wechselte er das Thema. Bevor der Gastgeber antworten konnte, klingelte es schon wieder und drei weitere Gäste trafen ein. Es handelte sich um alte Schulfreunde von Philippe, Lucas, Maxime und Arthur. Sie schienen schon oft zu Besuch zu gewesen zu sein, da sie sich sofort auf die Couch fallen ließen und sich wie zu Hause benahmen. Yanick, der nicht wusste, zu wem er sich setzen sollte, ging in die Küche und half Philippe die Vorspeise herzurichten. Es gab einen *assiette de charcuterie* mit Brot. Arthur, der, so wusste Philippe zu berichten, Jäger war, hatte eine selbstgemachte getrüffelte Wildschweinwurst mitgebracht.

Als alle um den runden Tisch saßen, erhob der Gastgeber das Glas.

„Auf uns alle. Schön, dass wir es endlich geschafft haben. Ich freu mich besonders, dass meiner neuer, guter Freund Yanick mit hier ist. Yanick kommt übrigens aus der Bretagne.“

Es klirrte. Lille war ihr Glas aus der Hand geglitten und am Boden zerbrochen.

„Das tut mir so leid“, stotterte sie und wollte aufstehen, um die Scherben zu beseitigen.

Aber Philippe winkte ab.

„Lass nur, das mache ich. Scherben bringen Glück. Yanick, würdest du ihr ein neues Glas holen und nachschenken?“

Der Abend verlief angenehm. Arthur war ein unterhaltsamer Erzähler, der allerhand amüsante Stories von der

Jagd auf Lager hatte. Victor und seine Schwester waren eher ruhig und sprachen wenig, lachten aber höflich über alle Witze und ließen es sich schmecken. Nachdem Hauptgang und Dessert abgeräumt waren, löste sich die Tischrunde auf und alle Gäste verteilten sich auf die Sessel und die Couch.

Lille hatte sich in die Küche zum Abspülen zurückgezogen und Yanick folgte ihr, um das Geschirr abzutrocknen.

„Was machen Sie beruflich?", fragte er die junge Frau, die ihn zurückhaltend anlächelte.

„Ich studiere noch", antwortete sie.

„Interessant", versuchte Yanick das Gespräch aufrechtzuerhalten. „Welches Fach?"

Sie zögerte kurz und sagte dann: „Geisteswissenschaften!"

„Und wie gefällt es Ihnen hier im Süden?", wollte Yanick wissen.

Wieder zögerte sie, bevor sie antwortete.

„Es geht. Das Wetter ist okay. Aber ich bin noch nicht lange hier."

Nachdem Yanick den letzten Teller abgetrocknet hatte, sah er ein, dass Lille nicht mehr Informationen zu entlocken waren. Er verabschiedete sich höflich und ging ins Wohnzimmer zurück, wo eine heitere Unterhaltung im Gange war. Wie schon den ganzen Abend über war Arthur derjenige, der die Reden schwang.

„Vor den Wildschweinen muss man echt auf der Hut sein. Die sind mitunter richtig aggressiv. Momentan können wir uns vor ihnen nicht retten. Überall graben sie nach Trüffeln. Der Wald ist eine einzige Stolperfalle aus ausgebuddelten Löchern."

Yanick, der so gut wie nichts über die Jagd wusste, verbrachte den Rest des Abends im Gespräch mit Arthur. Der junge Mann, der neben der Jagd auch noch filmbegeistert war und eine kleine Marketingagentur in Les Arcs leitete, war dem Polizisten sehr sympathisch. Anscheinend beruhten diese Gefühle auf Gegenseitigkeit, denn kurzerhand lud ihn Arthur zur Jagd ein.

„Morgen am frühen Abend bin ich wieder in den Hügeln oberhalb von Bartavelle unterwegs. Möchtest du mitkommen? Ich würde ich freuen!"

„Aber ich habe gar kein Gewehr", warf Yanick ein, aber Arthur beruhigte ihn.

„Das Jagen übernehme ich. Aber du kannst mich begleiten und was dabei lernen. Morgen um 18.30 Uhr treffen wir uns an der alten Ruine."

Kapitel 15

Bretagne

An diesem Morgen war Julies Windschutzscheibe von einer dicken Eisschicht bedeckt, so dass ihr diesmal nicht einmal ihre alte Chanson-CD beim Kratzen nützlich war. Spontan beschloss sie, zu Fuß ins Kommissariat zu gehen, auch wenn es eine halbe Stunde Fußmarsch bei Eiseskälte bedeutete. Sie zog sich einen warmen Wintermantel und gefütterte Lederstiefel an und stülpte sich eine Wollmütze über den Kopf. Dann wählte sie den Weg am Strand entlang. Es war Ebbe, aber aufgrund der Kälte waren nicht so viele Strandgutsammler wie sonst unterwegs. Julie hatte den Strand fast für sich allein. Der Wind blies eisig und kalt um ihre Nasenspitze, aber dank ihrer warmen Winterkleidung störte es sie nicht. Im Gegenteil. Sie hatte das Gefühl, der Wind würde ihr den Kopf frei wehen und die Kälte sie aufwecken und so für den neuen Arbeitstag vorbereiten. Kurzerhand entschloss sie, in Zukunft öfter zu Fuß in die Arbeit zu gehen.

Den Blick auf die Weite des Meeres hinaus gerichtet, dachte sie über ihren aktuellen Fall nach. Bisher hatten sie noch keine konkrete Spur. Zwei tote Frauen und eine Vermisste und sie hatten noch keinen einzigen Anhaltspunkt. In Gedanken trug sie alle Ermittlungsergebnisse nochmals zusammen. Da waren die drei Legrands, reiche Hotelerben. War ihr Hotel nur durch Zufall zum Schauplatz eines Mordes geworden oder steckten sie da irgendwie mit drin? Eigentlich waren die beiden Julie recht sympathisch und ihr Gefühl neigte dazu, sie für unschuldig zu halten. Aber, das musste sie sich ehrlich eingestehen, wie oft hatte sie ihr Gefühl schon getäuscht? Unzählige Male. Ausgesprochen unangenehm war ihr der Anwalt der Familie - Laurence Kœnik - gewesen, aber welches Motiv sollte er haben? Er stand in keinerlei nachweisbarem Kontakt zu den toten Studentinnen. Für ihn sprach nur, dass er Zugang zu den Räumlichkeiten gehabt hätte. Julie fiel ein, dass sie sein Alibi noch überprüfen musste. Wer blieb noch? Juliettes Freund hatte ein Alibi, Marianne hatte keinen festen Partner gehabt. Die Befragungen des Freundeskreises waren ohne Ergebnisse geblieben. Der einzige Name, der immer wieder auftauchte, war der der Vermissten: Morgane Bergerac. Sie schien der Schlüssel zur Wahrheit über die Geschehnisse der letzten Tage zu sein, aber sie blieb spurlos verschwunden. Ihre Spur hatte sich in der *ferme* verloren. Seitdem war sie nirgendwo gesehen worden, obwohl Julie alle Taxiunternehmen und Bahnhöfe in der Nähe überprüft hatte. Ihr einziger Anhaltspunkt war nun die Reise von Malo Legrand. Wie passte er in ihren Fall? Warum war er im *midi* gestorben? Stand dieser Mord mit ihren Ermittlungen in Verbindung? Sie musste unbedingt mehr darüber herausfinden. Und dazu musste sie in die Provence reisen - auch wenn sie dort auf Yanick treffen würde.

Tief in Gedanken versunken merkte sie gar nicht, dass sie bereits an der Stadtmauer von Saint Malo angekommen war. Durch eines der Stadttore spazierte sie hinein und machte noch kurz für einen *café au lait* Halt. Dann erreichte sie ihr Büro, wo schon Lisa und Samuel auf sie warteten.

„Es gibt Neuigkeiten!“, begrüßte sie Lisa sogleich und schenkte ihr einen starken Espresso ein.

„Yanick hat sich gemeldet. Das Auto, in dem Legrand verbrannte, wurde identifiziert. Es ist ein Mietwagen und - jetzt kommt das Interessante - der wurde nicht, wie man es erwarten könnte, in Marseille angemietet, sondern in Paris und das schon vor Tagen. Das bedeutet…“ Samuel nahm einen Schluck Kaffee, bevor er fortfuhr: „…, dass unser reicher Hotelerbe gar nicht in der Karibik war, sondern die ganze Zeit in Frankreich und dass er zum Zeitpunkt der Morde kein Alibi hat!“

„Stellt sich jetzt die Frage“, ergänzte Lisa, „ob seine Geschwister davon wussten und uns angelogen haben.“

„Das finde ich heraus“, rief Julie und schnappte sich ihre Jacke. „Samuel, kommst du bitte mit? Ich könnte jetzt männliche Unterstützung gebrauchen!“

***

Das Gespräch mit den Legrand-Geschwistern brachte jedoch nichts Neues. Beide beteuerten, nicht gewusst zu haben, dass ihr Bruder gar nicht verreist war. Sie schienen ernsthaft von der unerwarteten Wendung überrascht zu sein. Blieb die Frage, wo Malo sich in den letzten Tagen und Wochen aufgehalten hatte. Marlon Legrand gab an, dass sein Bruder mehrere Wohnungen besaß, in Saint-Malo, Paris und Bordeaux. Julie leitete die Adressen sogleich weiter und gab die Anweisung, dass alle Wohnungen durchsucht werden sollten. Vielleicht fanden sich dort Anhaltspunkte über Malos Bewegungen der letzten Zeit.

Zurück auf dem Kommissariat wartete eine Frau auf Julie. Sie stellte sich als Jade de la Mure vor und gab an, die Lebenspartnerin von Malo Legrand gewesen zu sein. Allerdings, und das betonte sie sogleich zu Beginn mit Nachdruck, sei die Beziehung eigentlich schon vorbei gewesen.

„Warum?“, hakte Julie nach und betrachtete die schick gekleidete Frau. Sie war sehr schlank, ihre blondgefärbten Haare waren zu einer komplizierten Frisur aufgesteckt. Ihre Füße steckten in hochhackigen Pumps. Bei diesen Temperaturen war das definitiv die falsche Kleidung, urteilte Julie insgeheim und ließ den Blick an sich selbst herunterwandern. Sie trug ein paar ausgeleierte Blue Jeans und einen dicken, verwaschenen Norwegerpulli. Für Makeup hatte die morgendliche Zeit im Bad nicht mehr gereicht und ihre Haare waren unordentlich zusammengebunden. Der Gegensatz zwischen ihr und dieser Jade konnte nicht größer sein. Das schien auch ihrem Gegenüber aufzufallen, das sie mit skeptischen Blicken musterte.

„Wann haben Sie das letzte Mal mit Malo gesprochen?“, wollte Julie wissen.

Die Dame überlegte kurz, runzelte die Stirn und zuckte dann mit den Schultern.

„Das war vor etwa vierzehn Tagen. Kurz vor seiner Abreise in die Karibik. Er hat mich angerufen und wir haben über uns gesprochen. Er hat mich gefragt, ob ich ihn in den Urlaub begleitet wolle. Aber ich glaube, das war eher als rhetorische Frage gedacht. Ich habe abgelehnt, mit der Begründung, mein Beruf lasse das derzeit nicht zu. ‚Vielleicht ist das besser so', hat er darauf gesagt. Schließlich hat er gemeint, er benötige eine Auszeit von unserer Beziehung. Und ich war da ausnahmsweise einmal seiner Meinung. Wissen Sie, wir sind beide sehr erfolgreich im Beruf. Da ist es schwer, eine Beziehung aufrecht zu erhalten. In letzter Zeit wurde es immer schlechter. Wir haben uns kaum noch gesehen. Ich denke, er hatte auch eine Andere. Den Verdacht hege ich schon länger, aber vor etwa drei Wochen hat er sich verstärkt. Er hatte sich schon seit längerem seltsam verhalten, hat den Raum verlassen, wenn sein Telefon klingelte und so Sachen. Einmal habe ich mitbekommen, wie er sich am Telefon mit jemandem gestritten hat, einer Frau. Er hat immer wieder gesagt, sie soll ihn nicht privat anrufen, und dass er für diese Scheiße keine Nerven hätte. Da war mir alles klar."

„Haben Sie irgendeine Idee, wer diese andere Frau gewesen sein könnte?"

Jade de la Mure schüttelte den Kopf.

„Er hat in seinem Beruf so viele Frauen getroffen, dazu kann ich wirklich nichts sagen. Fragen Sie seine Geschwister, die drei waren ja wie Pech und Schwefel. Als Partnerin hatte man gegen diese Familienbande sowieso keine Chance!"

Die letzten Worte hatten sehr verbittert geklungen.

Julie reichte ihr ihre Visitenkarte.

„Wenn Ihnen noch etwas einfällt, rufen Sie mich bitte an."

Die Frau war schon fast aus der Tür, da hielt Julie sie noch einmal zurück:

„Wissen Sie, ob er Kontakte in Südfrankreich hatte? Freunde oder Verwandte?"

„Meine Eltern leben in St. Tropez. Früher waren wir oft im Sommer dort. Malo hatte auch einen Freund. Wie hieß er noch gleich? Ach ja, Frédéric Mercier, ein Immobilienmakler aus St. Tropez. Aber das ist lange her, bestimmt fünf Jahre, dass wir ihn das letzte Mal getroffen haben."

Provence

Yanick wachte auf, weil sich die ersten Sonnenstrahlen des Wintertages durch sein Fenster schlichen. Er gähnte laut und sah auf den Wecker. Es war noch früh. Gut gelaunt stand er auf und kochte sich einen Kaffee. Der gestrige Abend hatte ihm gefallen. Philippes Freunde waren ihm sympathisch gewesen und er freute sich auf das heutige Treffen mit Arthur. Er würde seinen Tag bei Philippe in der Bar starten und dann ins Kommissariat gehen. Mit Unbehagen fragte er sich, ob es auf sein Fax nach Saint-Malo bereits eine Antwort gab und wenn ja, ob Julie selbst reagiert oder diese Aufgabe an Lisa oder Samuel abgegeben hatte. Er hoffte, dass dies der einzige Kontakt zu seiner alten Arbeitsstelle bleiben würde. Er hatte keine Lust, mehr als unbedingt nötig mit seiner alten Chefin zu tun haben zu müssen.

Philippe stand bereits gut gelaunt hinter dem Tresen als Yanick die Bar betrat. Leise Musik kam aus den Boxen und der angenehme Duft von frisch gemahlenem Kaffee lag in der Luft. Yanick bestellte sich einen *café au lait* und bedankte sich nochmals für den schönen Abend.

Als er wenig sein später sein Büro betrat, hörte er, dass Chouchroute am Telefon sprach.

„*Bien sûr, madame le commissaire*. Wir werden uns darum kümmern. Wann darf ich Sie und Ihr Team hier erwarten?"

Während er an der Espressomaschine herumhantierte, lauschte er angespannt weiter. Mit wem sprach Choucroute da nur? Und wen erwartete er?

Als sein Chef endlich aufgelegt hatte und sich Yanicks neugierigen Blickes bewusst wurde, beeilte er sich zu erklären:

„Ich habe eine Überraschung für dich! Anscheinend gibt es Überschneidungen zwischen zwei Mordfällen in Rennes und unserer verbrannten Leiche aus den Hügeln. Daher kommt dein altes Team für einige Tage nach Bartavelle, um die Ermittlungsergebnisse aufeinander abzustimmen und Zeugenbefragungen durchzuführen. Das wird sicher ein freudiges Wiedersehen für dich werden."

Yanick musste schlucken. Nun war genau die Situation eingetreten, die er stets zu vermeiden versucht hatte.

„Übrigens ist deine ehemalige Chefin, *commissaire* Roche eine äußerst sympathische junge Dame. Ich freue mich schon darauf, mit euch allen *chez Philippe* einen guten *plat du jour* zu essen. Aber jetzt müssen wir uns erst einmal an die Arbeit machen. *Commissaire* Roche hat uns gebeten, die Kontaktdaten von einigen Personen herauszusuchen. Ich werde mich um ein älteres Ehepaar in St. Tropez kümmern. Sie sind die Eltern der Freundin unserer Leiche. Anscheinend war er dort häufig zu Besuch. Und du kümmerst dich bitte um einen *monsieur* Mercier. Er ist Immobilienmakler und war wohl ein guter Freund des Toten. Außerdem schicken uns die Kollegen aus Saint-Malo eine Vermisstenanzeige zu. Es geht um eine gewisse Morgane Bergerac. Los geht's!"

***

Yanick kochte innerlich. Ein Zusammentreffen mit Julie. Hier in Bartavelle. Mit ihrer charmanten Art würde sie garantiert allen Männern hier den Kopf verdrehen und er musste dann tatenlos zusehen, wie sie abreiste und ein Meer an Verwirrung zurückließ. So war Julie. Schon immer gewesen. Mühsam hatte er sich ein Leben ohne sie in Bartavelle aufgebaut und nun brach sie wieder über ihn herein wie eine Naturgewalt. Nachdem er sich die Kontaktdaten von diesem Mercier herausgesucht hatte und bei dessen Sekretärin einen Termin für den nächsten Morgen vereinbart hatte, war er kurzentschlossen in einen frühen Feierabend gestartet. Auf die Arbeit konnte er sich ohnehin nicht mehr konzentrieren. Sein Chef war in St. Tropez, um das Ehepaar zu befragen, so dass ihn niemand vermissen würde. Ohne Ziel war er durch das Dorf gelaufen und fand sich schließlich vor Philippes Bar wieder. Der war gerade dabei, sauber zu machen. Die Stühle waren auf die Tische gestellt und Philippe kehrte den Boden.

„*Salut* Yanick. Solltest du nicht auf der Jagd sein?" Es durchzuckte ihn. Arthur und die Jagd. Das hatte er beinahe über der Aufregung vergessen. Schon jetzt brachte Julie alles durcheinander, obwohl sie noch nicht einmal da war. Er blickte auf die Uhr und atmete erleichtert auf.

„Ich habe noch ein Stündchen. Bekomme ich einen Ricard?"

Philippe nickte, legte den Besen bei Seite und ging hinter den Tresen. Er nahm zwei Gläser aus dem Regal, ließ Eiswürfel klimpernd hineinfallen und schenkte ein. Dann schob er Yanick sein Glas hin und prostete ihm zu.

„Der Abend bei der dir hat mir wirklich sehr gut gefallen", begann der das Gespräch. „Und deine Freunde sind wirklich sehr nett. Nur Lille wirkte etwas fehl am Platz."

„Ich denke, sie hat sich gelangweilt", versuchte Philippe das zurückhaltende Verhalten der jungen Frau zu erklären.

„Schließlich kannte sie niemanden außer ihrem Bruder. Gib ihr noch ein, zwei Wochen und sie wird auftauen!"

„Hat sie denn vor, solange zu bleiben?", hakte Yanick überrascht nach.

„So habe ich es zumindest verstanden. Sie möchte zu ihrem Bruder ziehen", erklärte Philippe.

„Aber jetzt zu dir", wechselte er das Thema. „Du siehst so aus als ob du Redebedarf hast. Was ist denn los? Irgendetwas stimmt doch nicht?"

Yanick überlegte kurz, beschloss dann aber sich dem Freund zu öffnen.

„Morgen kommt Besuch aus Saint-Malo. Mein altes Team reist an, da es anscheinend eine Überschneidung zwischen unseren Fällen gibt. Das sage ich dir jetzt aber ganz inoffiziell, okay? Das ist nicht für die Öffentlichkeit bestimmt!"

Philippe nickte.

„Klar Mann, du kannst mir vertrauen. Aber ich habe das Gefühl, dass dir weniger der Fall als jemand aus deinem alten Team zu schaffen macht, habe ich Recht?"

Yanick nickte gedankenverloren. Er hatte vor dem Freund bereits schon einmal angedeutet, dass sein Umzug in den Süden nicht nur berufliche Gründe gehabt hatte. Warum sollte er es nicht sagen? War es nicht ein Armutszeugnis nur mit einem Hund, seinem Gigi, offen zu reden? Vielleicht tat es ihm gut, jemanden sein Herz zu öffnen.

Nach einer halben Stunde und zwei weiteren Ricards klopfte ihm Philippe freundschaftlich auf die Schulter. Er hatte schweigend zugehört, hatte Yanick reden lassen, ohne ihn zu unterbrechen. Über die unerwiderten Gefühle, die der für seine Chefin Julie Roche gehegt hatte. Über die Freude, als sie sich endlich näherkamen, nur um dann herauszufinden, dass sie mit seinem besten Freund Luis etwas hatte, den sie dann letztendlich wegen Mordes verhaften wollte. Inzwischen war Luis tot, Saint-Malo war Vergangenheit, aber seine Gefühle für Julie waren noch da, irgendwo verborgen. Tief in seinem Innersten.

„Und jetzt hast du Angst, dass alles wieder herausbricht, wenn sie kommt", resümierte Philippe.

Yanick nickte.

„Oder dass sie wieder mit meinem besten Freund schläft und ihn danach verhaftet", ergänzte er.

Philippe lachte lauthals.

„Wenn du mich meinst, dann musst du dir keine Sorgen machen, *cher ami*. Ich habe mit der Frauenwelt vorerst abgeschlossen. Und mit einem Mord kann ich auch nicht dienen. Diesmal wird sich diese Geschichte sicher nicht wiederholen. Und jetzt trinken wir noch einen Ricard und dann musst du los auf die Jagd. Du solltest Arthur nicht warten lassen."

Bretagne

„Morgen in aller Früh geht es los", informierte Julie ihr Team. „Unser Flieger geht um 7.10 Uhr in Rennes, wir werden dann gegen Mittag in Bartavelle sein. *Commissaire* Choucroute scheint sich auf uns zu freuen. Wir bekommen einen eigenen Raum im dortigen Kommissariat. Was gibt es vorher noch zu tun?"

„Ich bin gerade dabei, die Handydaten von Malo Legrand auszuwerten", sagte Lisa. „So finden wir vielleicht heraus, mit wem er sich vor einiger Zeit am Telefon gestritten hat."

„Vorausgesetzt es stimmt, was seine Exfreundin, diese Jade erzählt hat", warf Samuel ein und ergänzte:

„Ich habe nochmals mit Mariannes Vater, ihrem Professor und einigen Kommilitonen gesprochen. Es ging mir darum, wie sie sich finanzierte, nachdem ihr Vater sie nicht mehr unterstützen konnte. Laut ihren Bekannten hatte sie nicht sparsam gelebt, eher das Gegenteil war der Fall. Eine Studentin, die mit ihr oftmals abends ausging, berichtete sogar, dass sie immer flüssig war und großzügig Runden ausgab, wenn sie abends in Bars oder Clubs waren. Dafür spricht auch, dass sie teure Kleidung trug und Goldschmuck. Ihr Konto zeigt keine Eingänge. Sie hatte also kein festes Einkommen. Auch konnte ich nirgends Hinweise auf einen Job finden. Außer sie hat natürlich schwarz gearbeitet, das können wir nicht ausschließen. Wie ist es also möglich, dass eine Studentin ohne finanzielle Unterstützung von zuhause und ohne Job solch ein luxuriöses Leben führen konnte? Wo kam das Geld her?"

„Was vermuten ihre Kommilitonen?", fragte Lisa.

„Die gingen davon aus, dass sie von ihren Eltern finanziert wurde", antwortete Samuel.

„Wie schauen denn die Konten von Morgane und Juliette aus?" Julie blätterte in der Akte, die vor ihr lag. „Morgane hat immer gearbeitet. Sie hatte sogar zwei Jobs, in einem Kaffee und in einer Fabrik, die Pharmaprodukte herstellt."

„Was genau hat sie dort gemacht?"

„Sie hat in der Verpackung gearbeitet, Medikamente verpackt. Meistens war sie in der Nachtschicht eingeteilt."

„Kein einfaches Leben", meinte Lisa und fragte:

„Und Juliette? Hat die gearbeitet?"

„Ja, und zwar im gleichen Kaffee wie Morgane. *Café du monde* gleich bei der Uni. Ein typisches Studentenlokal. Vielleicht sollten wir dort auch nochmal nachfragen. Das übernehme ich, noch bevor ich nach Hause fahre. Gibt es sonst noch was zu tun?"

Die anderen schüttelten den Kopf.

„Dann los! Auf uns kommen stressige Tage zu!"

***

Das *Café du monde* war ein nettes, kleines Café, gleich hinter dem Hauptgebäude der Uni. Um diese Zeit waren nur wenige Tische besetzt. Julie suchte sich einen freien Tisch in einer Nische am Fenster und setzte sich. Hier hatte ein talentierter Innenarchitekt ein gutes Händchen bewiesen. Die Wände waren in einem beruhigenden Grünton gestrichen, an denen alte Weinkisten hingen, in denen lauter bunte Espressotassen standen. Die kleine, runde Theke wurde von einer imposanten Kaffeemaschine dominiert. Unter einer Glaskuppel lag Gebäck und in einem Regal über der Kaffeemaschine entdeckte Julie einige wenige erlesene Single Malts. Das Café war ganz nach ihrem Geschmack. Eine Kellnerin kam an den Tisch und nahm die Bestellung auf. Sie war Mitte Zwanzig und lächelte Julie freundlich an. Als sie den bestellten Espresso und das Croissant brachte, bat Julie sie, kurz Platz zu nehmen und zeigte ihre Polizeimarke.

Nachdem sie sich bekannt gemacht hatten, ihr Gegenüber hieß ebenfalls Julie, begann die Kommissarin Fragen zu stellen.

„Kennen Sie Morgane Bergerac und Juliette Martin?"

Die Frau nickte.

„Natürlich, wir haben einige Schichten gemeinsam gearbeitet. Ich hatte aber nie privat mit den beiden zu tun, nur hier im Café. Morgane war etwas seltsam", sprudelte es unaufgefordert aus ihr heraus.

„Inwiefern seltsam?", fragte Julie nach.

„Naja, sie hatte Ticks. Hat sich ständig die Hände gewaschen und hat unglaublich viel Wert auf Sauberkeit gelegt. Außerdem kam sie meistens zu spät. Das hat echt genervt, vor allem wenn wir die Frühschicht gemeinsam hatten. Dann ist hier die Hölle los. Sie hat dann immer irgendwelche fadenscheinigen Entschuldigungen hervorgebracht, aber ich habe ihr, ehrlich gesagt, nicht geglaubt."

„Ist Ihnen sonst noch etwas bei *mademoiselle* Bergerac aufgefallen?"

„Sie hatte immer ein Buch dabei, in das sie ständig hinein geschrieben hat, selbst wenn wir mit dem Kaffeekochen und Servieren nicht hinterherkamen. Deswegen war der Chef auch ziemlich sauer auf sie, weil die Gäste sich beschwert haben. Aber immer wenn er kurz davor war, sie rauszuschmeißen, hat Juliette ein gutes Wort eingelegt und dann durfte sie doch bleiben. Ich habe das nie verstanden. Denn eigentlich habe ich sie eher als eine Belastung als eine Hilfe empfunden."

Julie machte sich Notizen, dann zückte sie ihr Handy, suchte ein Bild und zeigte es ihrem Gegenüber.

„Ist das hier das Buch, in das Morgane Bergerac immer geschrieben hat?"

Die Frau nickte.

„Und was war mit Juliette?"

„Juliette war eigentlich ganz okay. Ich habe nie verstanden, warum sie so eng mit Morgane befreundet war. Sie hatte einen sehr netten Freund, Sébastien, der sie oft in der Arbeit besuchen kam. Sie hat ihr Studium sehr ernst genommen. Einmal hat sie mir erzählt, dass sie Probleme mit ihren Eltern hat. Mehr weiß ich nicht."

„Kam außer Sébastien noch jemand Juliette oder Morgane besuchen, während sie arbeiteten? Oder sind ihnen während deren Schichten Kunden aufgefallen, die sich irgendwie seltsam verhielten?"

Die Kellnerin überlegte angestrengt.

„Manchmal war diese Freundin der beiden da, wie hieß sie noch gleich?" Sie dachte angestrengt nach und drückte dabei ihre Nasenspitze mit dem Zeigefinger der linken Hand nach oben. „Ach ja, Marianne."

„Meinen Sie Marianne Rousse?"

„Genau, die meine ich. Sie war mir nie sonderlich sympathisch. Hat ziemlich angegeben und hat große Runden ausgegeben. Hatte wohl einen reichen Freund." Julie horchte auf.

„Wie kommen Sie darauf? Haben Sie Marianne mit ihm gesehen?"

„Nein, gesehen habe ich ihn nie. Aber manchmal wurde sie hergefahren. Kam dann mit einem teuren schwarzen Wagen hierher und stieg aus wie eine Prinzessin. Ich schätze, der Fahrer war ihr edler Ritter. Aber er ist nie mit ausgestiegen. Oft hatte sie dann Einkaufstüten von teuren Boutiquen bei sich und hat damit im Café angegeben. Sie war wirklich keine angenehme Person."

Provence

Es war so still. Und kalt. Nur der Wind rauschte in den alten Steineichen, die mit ihren knorrigen Stämmen ein märchenhaftes Bild boten. Die Dämmerung hatte bereits eingesetzt und tauchte das ganze Szenario in ein schummriges Licht. Es roch nach aufgewühlter Erde und Kräutern. Leise schlich Yanick neben Arthur her, der, das Jagdgewehr im Anschlag, einem Geräusch gefolgt war.

„Vermutlich ein Wildschwein“, hatte er Yanick zugeflüstert und ihm dann mit einer raschen Handbewegung angezeigt, ihm zu folgen. Doch nach einer Weile ließ er das Gewehr sinken und drehte sich seinem Begleiter zu.

„Es ist schon weg. Siehst du die Abdrücke hier? Wahrscheinlich hat es uns gehört und ist abgehauen. Aber der Boden ist frisch aufgewühlt. Ich bin zuversichtlich, dass wir heute noch erfolgreich sein werden.“

Yanick lächelte und die beiden Männer setzten ihren Weg fort, diesmal nicht mehr still und schleichend, sondern miteinander sprechend.

„Jagst du schon lange?“, fragte der Kommissar.

Arthur nickte.

„Mein Großvater hat es mir beigebracht. Heutzutage ist alles sehr genau limitiert, man darf nur noch in gewissen Gebieten jagen und muss sich an Quoten halten, aber das ist ja auch gut so. Du hast noch nie gejagt, oder?“

Yanick schüttelte den Kopf. Er hatte immer eine gewisse Abneigung dagegen empfunden und war sich auch jetzt nicht sicher, wie er dazu stand. Fischen allerdings war er als Kind oft gewesen, mit seinem Vater draußen auf dem Meer vor Cancale. Aber das war lange her und Teil seines alten Lebens.

„Wie lange kennst du Philippe schon?“, wollte Arthur wissen.

„Noch gar nicht so lange“, erwiderte Yanick.

„Ich bin erst vor einigen Monaten nach Bartavelle gezogen und Philippes Bar war meine erste Anlaufstelle. Wir verstehen uns richtig gut und er ist mit Sicherheit einer der Hauptgründe, warum ich mich hier so wohl fühle.“

Arthur nickte: „Er ist ein toller Kerl. Seit er hier lebt, verbringen wir wirklich viel Zeit miteinander. Aber von der Jagd kann ich ihn nicht überzeugen.“

Das Lachen der beiden Männer wurde jäh von einem lauten Knall unterbrochen. Der Wind trug das Geräusch wie einen Peitschenschlag durch die Lüfte in alle Richtungen. Arthur und Yanick zuckten erschrocken zusammen.

„Da hat wohl ein anderer unser Wildschwein erlegt", vermutete Arthur, aber Yanick schüttelte den Kopf.

„Das hat sich nicht wie ein Schuss aus einem Jagdgewehr angehört. Der kam aus einer Faustfeuerwaffe. Hier stimmt etwas nicht!"

***

Obwohl das Wasser eiskalt war, hatte sie ihre Schuhe und Socken ausgezogen und in die Quelle gesteckt. Die Kälte kroch ihr von den Sohlen den Rücken hinauf bis ins Genick. Sie erschauderte. Sie hatte sich den ganzen Tag in der Wohnung versteckt und sich erst spät abends vor die Tür gewagt. Zwar war ihr Verfolger tot und stellte keine Gefahr mehr für sie dar, aber trotzdem: Sie wusste nicht, mit wem er vorher gesprochen hatte. Wer außer ihm wusste noch, dass sie lebte und mehr wusste, als ihr lieb war? Es war alles so schnell gegangen, dass sie ihm keine Fragen mehr hatte stellen können.

Es war inzwischen noch dunkler geworden und der Wind hatte an Stärke zugenommen. Irgendwo schrie eine Eule und der Wald, der sich oberhalb der Quelle über viele Quadratkilometer erstreckte, schwieg. Die knorrigen Stämme der alten Steineichen wirkten auf sie wie bizarre Schattengestalten, die sie beobachteten. Plötzlich erschauderte sie wieder. Diesmal aber, das spürte sie, kam das Schaudern nicht vom eiskalten Quellwasser an ihren Füßen. Sie hatte etwas gehört, etwas, das nicht in die stimmigen Abendgeräusche des Waldes passten. Entfernte Motorengeräusche, die plötzlich abrupt verstummten. Dann das Schlagen einer Tür. Sie sprang auf und griff nach ihren Schuhen und Socken. Wahrscheinlich war es nur ein Dorfbewohner, der an der Quelle seine leeren Wasserflaschen auffüllte, so wie es fast alle taten. Oder ein Liebespaar, das die Einsamkeit der Hügel suchte. Aber sie musste vorsichtig sein, das hatte sie gelernt. Panisch glitt ihr Blick über den Boden, vergewisserte sich, dass keine Spuren von ihr zurückblieben. Dann hastete sie auf den Wald zu, auf der Suche nach einem Versteck. Sie hörte bereits Schritte und leise Stimmen. Schnell verbarg sie sich hinter einer Steineiche, wohlwissend, dass der dünne Stamm nicht ihre ganze Silhouette verhüllen würde. Zum Glück war der Mond gerade hinter einer großen Wolke verschwunden, so dass der Wald in Finsternis lag.

Die Stimmen waren verstummt. Sie konnte nun zwei Personen erkennen, die am Lauf der Quelle auf und ab liefen und wohl nach etwas suchten. Etwa nach ihr? Sie hielt den Atem an und versuchte, sich so schmal wie möglich zu machen.

Die beiden hatten inzwischen die Suche aufgegeben und hatten kehrt gemacht. Sie schienen zu ihrem Auto zurückzugehen und Morgane fiel ein tonnenschwerer Stein vom Herzen. Es war nochmal gutgegangen. In diesem Moment ertönte eine laute, blecherne Melodie und es dauerte einen Moment bis sie erkannte, dass das Geräusch aus ihrer Jackentasche kam. Mit vor Kälte klammen Fingern kramte sie nach dem Prepaid-Handy, das sie sich im Supermarkt gekauft hatte, um für Marc erreichbar zu sein. Als es endlich schwieg, brach für einen kurzen Moment die Stille über sie herein. Dann jedoch drang ein neues Geräusch an ihre Ohren. Schnelle, hastige Schritte, die sich auf sie zubewegten. Sie glaubte, zwei schemenhafte Gestalten wahrzunehmen, die mit den Schattengestalten der Steineichen verschmolzen.

„Jetzt ist es vorbei", schoss es ihr durch den Kopf. Dann hörte sie den Schuss, bevor sie sie in eine endgültige Dunkelheit versank."

Bretagne

Die maroden Fensterläden vermochten nicht die eisige Kälte abzuhalten, die vom Meer in ihr Haus drang. Obwohl sie nervös wegen der bevorstehenden Reise nach Bartavelle war, so war Julie doch froh, endlich in ein wärmeres Klima zu reisen. Der ungewöhnlich harte bretonische Winter dieses Jahres machte ihr zu schaffen. Gleich als sie zuhause angekommen war, hatte sie den Wetterbericht für die nächsten Tage angesehen. Das Wetter im *midi* versprach milde Tage, aber kühle Nächte. So beschloss Julie, die warme Daunenjacke, die Handschuhe und die Wollmütze, die in den letzten Tagen ihre ständigen Begleiter gewesen waren, daheim zu lassen, und packte leichte Herbstkleidung in ihren Koffer. Dann steckte sie alle notwendigen Kosmetikartikel in ihr Necessaire und stellte alles in den Kofferraum ihres Autos. Sie war bereit. Nun würde sie sich noch ein kleines Abendessen und ein Glas Wein gönnen und dann früh schlafen gehen, damit sie morgen fit war. Aber wie so oft sollte es nicht so sein, wie sie es sich ausgemalt hatte. Gerade als sie eine Flasche Sauvignon Blanc entkorkt hatte, klingelte ihr Handy. Mit Schrecken stellte sie fest, dass Yanick am anderen Ende der Leitung war.

„Yanick?" Ihre Stimme zitterte.

„Guten Abend Julie. Entschuldige bitte, dass ich dich so spät störe. Dieser Anruf ist dienstlich!"

Julie zuckte zusammen. Er klang so distanziert. Und mit seinem letzten Satz hatte er ihr sogleich deutlich gemacht, dass ihr Verhältnis nie mehr anders als dienstlich sein würde.

„Natürlich", entgegnete sie kühl. „Was gibt es?"

„Schick mir doch bitte schnell ein Foto von eurer Vermissten."

Ohne zu antworten suchte Julie das Bild von Morgane hervor, das sie in Juliette Martins Wohnung abfotografiert hatte. Es zeigte die drei Freundinnen Marianne, Morgane und Juliette. Julie drückte auf ‚Senden' und wartete auf eine Reaktion.

„Welche ist es?", vernahm sie Yanicks Stimme.

„Die Frau in der Mitte!"

„Dann haben wir Morgane Bergerac hiermit gefunden. Heute wurde eine junge Frau an der Quelle oberhalb von Bartavelle erschossen. Ein Mann, der seinen Hund spazieren führte, hat sie gefunden. Sie ist bereits auf dem Weg in die Gerichtsmedizin nach Marseille und ich stehe am Tatort."

Julie war fassungslos. Zuerst wurde Malo Legrand in Bartavelle ermordet und nun die vermisste Morgane Bergerac. Zwischen den beiden Fällen sowie dem Mord an Marianne Rousse bestand nun zweifelsfrei ein Zusammenhang.

„Wir treffen morgen Mittag ein und werden uns dann sogleich an die Arbeit machen. Es wäre gut, wenn bis dahin die aktuellen Berichte zum Bergerac-Mord vorlägen. Bitte kümmere dich darum!"

Ungewollt war sie in einen Befehlston übergegangen. Am anderen Ende der Leitung blieb es einen Moment lang still.

„Du bist nicht mehr meine Chefin!" Dann knackte es in der Leitung. Yanick hatte aufgelegt.

Kapitel 16

Provence

Die Sonne brannte heiß herunter, als Julie und ihr Team das Flugzeug verließen und über den Landeplatz zum wartenden Bus liefen. Wohl wissend, wie warm es auch im Winter im Midi werden konnte, hatte Julie nur eine Jeansjacke angezogen, aber Lisa, die ihre Daunenjacke aus Saint-Malo mitgebracht hatte, schwitzte fürchterlich.

Nachdem sie das Terminal erreicht und ihre Koffer geholt hatten, traten sie aus dem Flughafengebäude heraus. Jemand, das hatte man ihnen angekündigt, würde sie abholen. Und tatsächlich entdeckte Julie einen älteren, etwas untersetzten Mann mit einem sympathischen Lächeln, der sogleich auf sie zueilte.

„*Madame le commissaire*? Mein Name ist Mathis Choucroute. Wir haben telefoniert. Darf ich Ihren Koffer nehmen?"

Julie lehnte dankend ab und hievte ihren Koffer selbst in den Kofferraum eines verbeulten Peugeots.

Als sie schließlich neben dem alten Kommissar saß, begann der sogleich von den aktuellen Entwicklungen im Fall zu berichten.

„Wirklich erstaunlich, zwei Todesfälle in Bartavelle in so kurzer Zeit und dann auch noch im Winter. Sie müssen wissen, bei uns passiert sonst nicht so viel. Daher sind wir wirklich dankbar, dass sie angereist sind, um uns zu unterstützen, *ma chère madame le commissaire*."

Julie lächelte ihn höflich an. Der Kommissar wirkte in seiner ganzen Erscheinung sehr großväterlich und strahlte so gar keine Strenge oder Autorität aus, wie man es sich von einem hochrangigen Polizisten erwartete. Auf ihre Frage, ob sie direkt ins Präsidium fuhren, erwiderte Choucroute:

„Wenn es für Sie in Ordnung ist, würde ich gerne einen schnellen Abstecher in die Gerichtsmedizin machen. *Docteur* Petit, übrigens ein guter Freund von Yanick und mir, hat bereits beide Leichen untersucht und kann uns sicher schon einiges mitteilen."

Von hinten vernahm Julie ein erfreutes Lachen. Es kam von Samuel.

„Petit, müsste der nicht schon längst im Ruhestand sein? Wir hatten viel miteinander zu tun, als ich noch in Marseille gearbeitet habe."

„Es wird langsam Zeit, dass er geht, aber so recht will er noch nicht", antwortete Chocroute und musste grinsen.

„Glauben Sie mir, ich bin auch nicht mehr der Jüngste, aber die Aussichten auf ein Rentnerleben mit Gartenarbeit und Boule-Spielen sind auch für mich nicht besonders attraktiv. Ich liebe meine Frau sehr, aber ich möchte sie nicht den ganzen lieben Tag lang ertragen müssen. Da bleibe ich lieber so lange im Dienst, wie es nur geht!"

Alle lachten.

Nach einer zackigen Fahrt durch Marseille, bei der der Kommissar so manche rote Ampel überfuhr, hielt er schließlich vor einem grauen Betonbau.

„Man mag es nicht glauben, aber da drin gibt es den besten Kaffee von ganz Marseille", versprach er seinen Gästen, während er sie durch die langen Gänge der pathologischen Abteilung schleuste.

„Jeanne, Petits Assistentin, kocht ihn. Sie werden begeistert sein!"

Instinktiv drückte Julie Lisas Hand um ihr so zu bekunden, dass deren Kaffee für sie immer der beste sein würde. Lisa lächelte dankbar.

Docteur Petit war ein lustiger, älterer Herr, dessen Augen sich hinter der runden Brille flink hin und her bewegten.

Er begrüßte die Neuankömmlinge herzlich, umarmte Samuel wie einen alten Freund, und führte sie gleich zu zwei Behandlungstischen, auf denen die zugedeckten Toten lagen.

„Hier sind sie. Ich bin fertig mit den Obduktionen. Unschöne Sache. Beginnen wir mit Opfer Nummer zwei - Morgane Bergerac. Sie wurde mit einer Pistole erschossen. Glatter Schuss, sie hatte keine Chance. Da war jemand am Werk, der im Umgang mit der Waffe geübt ist. Der Schuss wurde aus etwa zwei Metern Entfernung abgefeuert. Todeszeitpunkt war gestern um 17.45 Uhr. Wir wissen das so genau, weil ein Zeuge, unser lieber Yanick, den Schuss gehört hat. Er war mit einem Freund im Wald auf der Wildschweinjagd, als es passierte."

Julie stutzte. Seit wann ging Yanick auf die Jagd? Das passte so gar nicht zu ihm. Lisa schien dasselbe zu denken, denn sie zog überrascht die Augenbrauen hoch.

„Das Opfer weist keinerlei Verteidigungsspuren auf. Das Mädchen war für die Jahreszeit angemessen gekleidet, in ihrer Jackentasche haben wir ein Handy sowie etwas Kleingeld gefunden. Keine persönlichen Gegenstände, keinen Ausweis oder Pass. Kommen wir nun zu Opfer Nummer eins. Malo Legrand. Todesursache war ein heftiger Schlag auf den Hinterkopf mit einem stumpfen Gegenstand, ich denke einem Stein. Die Untersuchung hat ergeben, dass einige Stunden zwischen dem Eintritt des Todes und dem Feuer vergangen sein müssen."

„Trug er irgendetwas bei sich?", erkundigte sich Samuel.

„Wir haben Reste einer Reisetasche gefunden sowie eine verkohlte Digitalkamera. Leider war es den Technikern bisher nicht möglich, die Bilder wiederherzustellen, aber sie sitzen noch daran und ich hoffe, dass noch irgendetwas zu retten ist."

Die Polizisten bedankten sich bei dem Pathologen und mussten, bevor sie sich auf den Weg machten, noch einen Kaffee bei Jeanne trinken. Insgeheim musste Julie zugeben, dass er wunderbar schmeckte, aber das würde sie Lisa nicht sagen. Als sie Marseille mit dem Auto verließen, senkte sich gerade die Sonne über die Stadt und tauchte die Häuser in warmes, orangefarbenes Licht.

***

„Wann kommt sie an?"

Philippe polierte Gläser und stellte sie hinter sich in das Wandregal. Auf der anderen Seite des Tresens saß Yanick und drehte nervös sein Weinglas.

„Sie sind schon in Marseille, haben noch einen Abstecher in die Gerichtsmedizin gemacht. Choucroute hat mich gerade angerufen. Wir treffen uns in einer Stunde im Kommissariat, danach möchte er alle zum Essen einladen."

Philippe schenkte sich ein Glas Wein ein und ließ sich neben seinem Freund nieder.

„Soll ich mitkommen, damit du etwas moralische Unterstützung hast? Oder, was noch viel besser ist, ich setze schnell eine *daube* an, dann könnt ihr hier essen."

„Das ist lieb von dir, aber da muss ich jetzt durch. Und wenn du deinen Feierabend dafür opferst, fühle ich mich nur noch beschissener. Aber falls du abends noch wach bist, komme ich vielleicht hinterher auf einen Absacker bei dir vorbei, ok?"

Philippe nickte.

„Wie kommt ihr mit euren Ermittlungen voran? Gibt es schon Neuigkeiten von der verbrannten Leiche?"

Yanick beugte sich zu ihm und sagte leise:

„Es ist noch nicht offiziell, aber es gab noch einen Mord. Die junge Frau, die wir suchen, wurde gestern Abend oben an der Quelle erschossen. Wir haben es noch nicht an die Presse weitergegeben, weil wir zuerst alle Ergebnisse aus der Gerichtsmedizin abwarten wollen."

Nachdenklich blickte Philippe ihn an.

„Zwei Morde in unserem friedlichen Bartavelle. Ich kann es einfach nicht fassen. Dabei dachte ich immer, es gäbe keinen ruhigeren Ort als hier."

„Ich gehe dann mal heim“, vernahmen sie eine brüchige Stimme aus dem Eck. Der alte Jerome erhob sich und schwankte einen kurzen Moment, bevor er seinen Stock zu fassen bekam und langsam auf die Tür zu humpelte.

„Scheiße, den hatte ich ja ganz vergessen. Meinst du, er hat uns zugehört?“

„Gut möglich“, antwortete Philippe. „Jerome hört nur dann immer schlecht, wenn man ihm sagt, dass er weniger trinken soll. Ansonsten schnappt er jeden Klatsch auf und verbreitet ihn in Windeseile!“

„*Merde*!“ Wütend ließ Yanick seine Faust auf den Tresen knallen.

„Ich hätte meinen Mund halten sollen. Wenn das die Runde macht, kriege ich Ärger mit Choucroute und es könnte unsere Ermittlungen beeinflussen. Ich muss los, Jerome hinterher, und herausfinden, was er mitbekommen kann.“

Gerade als er sich erhoben hatte, um zu gehen, ging die Tür der Bar auf und Chocroute trat ein, gefolgt von Samuel, Lisa und Julie.

***

„Wir müssen jetzt ganz systematisch vorgehen.“ Julie deutete auf zwei Flipcharts. Sie befanden sich in dem kleinen Besprechungsraum des Kommissariats von Bartavelle. „Ich habe hier zwei große Whiteboards. Links sammeln wir alle Fakten zu den Morden in der Bretagne, rechts schreiben wir alles darauf, was wir über die beiden Morde in Bartavelle wissen. Am Ende stellen wir die Verbindungen zwischen den Fällen her. Einverstanden?“

Alle nickten und Julie begann mit dem Sammeln der wichtigsten Fakten.

„Marianne Rousse wurde im Nobelhotel *Hôtel de la Plage* in der besten Suite tot aufgefunden. Todesursache war ein Schlag auf den Hinterkopf mit einem stumpfen Gegenstand. Im Magen fand sich ein wahres Luxusmenu, sie war elegant gekleidet. Nirgends im Hotel gab es Hinweise darauf, wann oder wie sie eingecheckt hat. Der einzige nicht videoüberwachte Eingang befindet sich im Appartement der Hotelerben. Adèle und Marlon Legrand zeigten sich äußerst kooperativ, allerdings wissen wir nicht, ob sie ihren Bruder deckten, schließlich behaupteten sie die ganze Zeit, er wäre verreist. Das Opfer Marianne war Marlon Legrand ein Begriff, da sie sich bereits vor einiger Zeit um einen Studentenjob im Hotel beworben hatte. Das zweite Opfer, Juliette Martin, starb ebenfalls durch stumpfe Gewalteinwirkung. Sie studierte zusammen mit Marianne Medizin in Rennes. Ihre Freundin und Kommilitonin Morgane Bergerac verschwand. Wir wissen, dass sie kurzzeitig in einer *ferme* am Meer unterkam, die Mariannes Mutter gehört. Juliette und Morgane arbeiteten beide in einem Café, wie sich Marianne ihr Geld verdiente wissen wir nicht. Ich denke aber, dass das von Bedeutung ist. Sie lebte ein luxuriöses Leben, war großzügig und verschwenderisch. Nach außen gab sie vor, von daheim finanziell unterstützt zu werden, aber wir wissen von ihrem Vater, dass das nicht wahr ist. Woher hatte sie also so viel Geld? Und wer ist der Fahrer des schwarzen Autos, das sie gelegentlich zum *Café du monde* brachte?"

Julie holte tief Luft, während der Stift in ihrer Hand über das Whiteboard flitzte.

„Über Morgane Bergerac wissen wir, dass sie in einem Waisenhaus aufwuchs. Sowohl die Erzieherin dort als auch Kommilitonen und Professoren beschreiben sie als eine etwas eigenartige Person. Sie hatte wohl Ticks, die auch ihre Lebensqualität einzuschränken schienen. Wir haben ein Tagebuch gefunden, in dem sie minutiös beschreibt, welche Wege sie zurückgelegt oder wie oft sie Orte überprüft hat."

„Weswegen hat sie das denn gemacht?", fragte Choucroute.

„Das wissen wir nicht so genau. Wir nehmen an, sie hatte Angst, Spuren zu hinterlassen, die ihren Verfolgern

Aufschluss über ihren Aufenthaltsort hätten geben können. Sie war geradezu panisch davon besessen, irgendwo etwas liegen zu lassen, was dann von anderen gefunden werden könnte."

„Eigenartige Person!" Chochroute kratzte sich am Hinterkopf und erhob sich schwerfällig. „Darf ich, Kollegin, oder haben sie noch etwas anzumerken?"

Julie setzte sich und der alte Kommissar übernahm.

„Hier fing alles mit zwei Einbrüchen an. Einmal im *cabanon* meiner Frau und auf der Farm unserer Sekretärin Clara. Dabei wurden nur wenige Gegenstände, vor allem Campingutensilien und Lebensmittel gestohlen. Wir wissen inzwischen anhand des Abgleichs der Fingerabdrücke, dass die Einbrecherin in beiden Fällen besagte Morgane Bergerac war. An einem kleinen, von Büschen gut geschützten Platz haben wir ebenfalls Spuren von ihr entdeckt. Sie scheint dort übernachtet zu haben. Was wir aber nicht wissen ist, ob sie in Bartavelle einen Komplizen hatte. Schließlich hat sie sich anscheinend gezielt unseren Ort als Zuflucht ausgesucht. Sie hatte einen Bruder. Was wissen wir über ihn?"

Lisa blätterte in ihren Unterlagen. „Er existiert nicht mehr. Marc Bergerac, zwei Jahre älter als seine Schwester. Bis vor sechs Jahren hatte er seinen festen Wohnsitz in Paris, schlechtes Wohnviertel. Er war mehrfach vorbestraft, hatte wohl ein Drogenproblem und war in mehrere Diebstähle verwickelt. Dann wurde er bei einem Überfall auf einen Juwelierladen geschnappt. Der Besitzer des Ladens starb durch Schüsse. Hier enden die Aufzeichnungen in den Protokollen der Pariser *police judiciaire*. Seitdem ist er völlig von der Bildfläche verschwunden. Die Kollegen aus der Hauptstadt haben seine Spur verloren. Es gibt keinen aktuellen Wohnort, keine Kranken- oder Sozialversicherungsdaten."

„Das hört sich für mich fast wie ein Zeugenschutzprogramm an", warf Yanick ein und Julie nickte.

„Ja, vielleicht hat er damals als Kronzeuge gegen die anderen Täter ausgesagt und bekam im Gegenzug dafür ein neues Leben mit einer neuen Identität. Aber die ist dann geschützt. Da kommen wir nicht heran."

„Okay", fuhr Chocroute fort. „Es ist also möglich, dass Morgane von der neuen Identität ihres Bruders wusste, seinen neuen Wohnort, Bartavelle, kannte und deshalb hierhergekommen ist. Wir wissen aber nicht, wer Marc Bergerac ist. Er kann mitten unter uns sein, darf sich aber nicht zu erkennen geben. Und jetzt ist Morgane tot. Das macht die ganze Sache nicht einfacher. Wie sollen wir herausfinden, wer er ist?"

Samuel hatte dem Gespräch schweigend zugehört. Nun meldete er sich zu Wort.

„Eine Möglichkeit gäbe es. Aber die ist nicht besonders nett. Und Freunde in der Regierung und in höheren Polizeikreisen werden wir uns damit auch nicht machen!"

Julie nickte. Sie hatte den gleichen Gedanken gehabt, ihn aber sogleich wieder verworfen.

„Ich steh wohl auf dem Schlauch. Was meinen Sie?", hakte Chocroute nach.

„Lassen Sie uns einmal einen hypothetischen Plan durchdenken", begann Samuel.

„Morgane Bergerac ist tot. Wir wissen nicht, warum sie gerade nach Bartavelle geflohen ist. Aber wir vermuten, ihr Bruder, der seit Jahren verschwunden ist, könnte hier unter falschem Namen leben. Das sagen wir der Presse. Mehr nicht."

Alle schwiegen. Sie wussten, was dieser Schritt bedeuten würde. War Marc Bergerac in keinem Zeugenschutzprogramm hätte diese Pressemitteilung überhaupt keine Auswirkung. Aber wenn ihre Vermutung stimmte, dann würde das mit Sicherheit zur Folge haben, dass die ehemaligen Komplizen Marcs, die er verpfiffen hatte, auf Rache sinnen und ihn in Bartavelle suchen würden.

„Wir können das nicht machen!“, beendete Lisa diese Gedanken. „Wir spielen mit Marcs Leben. Da mache ich nicht mit!“

„Lasst uns zuerst alle anderen Möglichkeiten ausschöpfen, bevor wir über so etwas nachdenken“, pflichtete ihr Chocroute bei.

„Also: keiner gibt etwas an die Presse weiter! Abgemacht? Ich verlasse mich auf euch! Darf ich dann fortfahren? Wir wissen also nicht, wo Morgane unterkam. Wir wissen aber sicher, dass die Polizei zu einem brennenden Auto gerufen wurde, in dem sich Malo Legrand, der bretonische Hotelier befand, der doch eigentlich in der Karibik sein sollte. Wir haben mit den Eltern seiner Freundin Jade sowie seinem Freund Mercier gesprochen, aber mit keinem von ihnen hat der Tote wohl Kontakt aufgenommen. Auch die Überprüfung seiner Kreditkarten hat nichts ergeben. Er hat in keinem Hotel eingecheckt. Wir wissen zwar, dass seine Freundin ein Wohnmobil besitzt, aber das war laut deren Aussagen vor dem gemeinsamen Ferienhaus in der Normandie geparkt.“

Julie ging dazwischen.

„Ein Wohnmobil? Haben Sie ein Bild davon?“

Chocroute nickte und öffnete eine Datei auf seinem Computer.

„Diese Aussage und das Bild habe ich von Jades Eltern bekommen. Das Wohnmobil gehörte ursprünglich Jades kleinem Bruder, aber da er es nicht nutzte, nahmen Malo und Jade es mit in die Bretagne. Aber laut den Aussagen der Eltern stand es dort auch nur herum und wurde kaum genutzt.“

Ein Foto erschien und Julie klatschte in die Hände.

„Seht ihr den gelben Aufkleber auf der Rückseite. *Corsica Ferries*. Das ist der Wohnwagen, der auf dem Dünenparkplatz gesehen wurde, unweit des Fundortes von Juliette Martins Leiche. Also haben wir hier auch eine Verbindung zu Malo Legrand. Jetzt müssen wir nur noch wissen, warum er das alles getan hat. Was war sein Motiv?“

Lisa machte sich Notizen.

„Ich werde sofort diese Exfreundin, Jade de la Mure, kontaktieren. Und auch die Eltern bestellen wir nochmal hierher."

Chocroute hob die Hand.

„Lassen Sie uns zuerst die Fakten fertig zusammentragen, bevor wir uns an die Aufgabenverteilung machen. Malo wurde also zuerst erschlagen und dann verbrannt. Yanick hat einen Motorradfahrer beobachtet, der fortfuhr. Wir wissen bis heute nicht, wer diese Person ist. Aber ich könnte mir vorstellen, dass das entweder Morgane oder ihr Bruder war. Schließlich hatten die beiden ein Motiv, Malo zu töten. Er stellte eine Bedrohung für Morgane dar."

„Also", resümierte Yanick, „glauben wir zu wissen, wer Malos Mörder ist. Aber wer hat dann Morgane umgebracht?"

Keiner antwortete.

„Wie sollen wir jetzt vorgehen?", warf Chocroute in die Runde.

„Lisa, Sie kümmern dich um diese Jade de la Mure und ihre Eltern. Julie, können Sie anweisen, dass das Wohnmobil, dass angeblich in der Normandie steht, gefunden und erkennungsdienstlich untersucht wird? Yanick, wir beide sollten uns zusammensetzen und überlegen, welcher männliche Bewohner von Bartavelle dieser Marc Bergerac sein könnte. Lassen Sie uns alle überprüfen. Fragen?"

„Ich würde mir gerne die beiden Tatorte ansehen", sagte Julie und fragte an Samuel gewandt: „Begleitest du mich?"

Yanick runzelte die Stirn. Wann hatten die beiden wohl ihr Kriegsbeil begraben? Samuel, so schien es ihm, hatte seine Position im Leben von Julie inzwischen eingenommen. Er war wütend auf sich selbst, als er bemerkte, wie sich Eifersucht in ihm breitmachte.

„Dann los! Wir müssen einen oder mehrere Mörder schnappen!"

***

Neues Todesopfer! Polizei schweigt!

Wütend warf Julie die Zeitung aufs Bett. Irgendjemand hatte geplaudert, obwohl sie doch mit Chocroute fest vereinbart hatte, dass der Tod von Morgane Bergerac vorerst nicht an die Presse gelangen sollte. Sie war in der kleinen Pension *Chez Lilou* untergekommen, die mitten im Ort lag. Laut Yanick war es die einzige Möglichkeit im Winter in Bartavelle als Tourist zu nächtigen. Zwar gab es unzählige Bed&Breakfast rund um das kleine provenzalische Städtchen, die für den Sommer bereits lange im Voraus ausgebucht waren. Aber im Winter hatten sie alle geschlossen.

Julies Handy piepste. Michel, der Polizist, der sie in Saint-Malo bei ihren Ermittlungen unterstützt hatte, schrieb, dass das Wohnmobil von Malo und Jade tatsächlich vor deren Anwesen in der Normandie gefunden worden sei. Allerdings zeigten die Untersuchungen, dass es erst kürzlich bewegt worden war. Haare, die im Kofferraum gefunden wurden, glichen die Spezialisten momentan mit der DNA aller Beteiligten ab. Julie schrieb zurück und bedankte sich für die gute Arbeit. Dann stutzte sie. Irgendwie war sie davon ausgegangen, dass Malo mit dem Wohnmobil unterwegs gewesen sein musste. Das würde erklären, dass er in keinem Hotel namentlich geführt war. Nun fragte sie sich, wo er geschlafen hatte? Immerhin war er mehrere Tage in der Provence unterwegs gewesen. Kurzerhand stand sie nochmals auf und blickte auf die Uhr. Es war kurz vor Mitternacht. Vielleicht war Lilou, die Chefin, ja noch wach. Sie stieg die Treppe hinab und sah aus dem Gemeinschaftsraum ein Licht auf den Gang dringen.

Leise öffnete sie die Tür und sah Lilou, die gemütlich mit einem Glas Wein auf der Couch saß und fernsah. Als sie Julies Anwesenheit wahrnahm, blickte sie auf.

„*Madame le commissaire*, kann ich etwas für Sie tun?“

Julie ließ sich neben sie auf die Couch gleiten.

„Ich kann nicht schlafen. Der Tag war wohl zu turbulent."

Es entwickelte sich eine anregende Unterhaltung. Lilou erwies sich als sehr lustige und nette Gesprächspartnerin.

„Haben Sie hier im Winter viel Betrieb?"

Lilou schüttelte den Kopf.

„Nein, leider nicht. Außer Ihnen hatte ich in diesem Monat nur einen Zimmergast und der ist einfach abgehauen ohne zu bezahlen."

Überrascht fragte Julie nach:

„Ohne zu zahlen? Das ist aber seltsam. War das ein komischer Typ?"

Lilou überlegte kurz.

„Eigentlich sah er richtig toll aus. Und charmant war er auch. Aber er hatte kaum Gepäck dabei und ließ sich auf kein Gespräch ein. Das hat mich schon etwas gewundert. Er war ständig unterwegs und eines Tages kam er einfach nicht mehr zurück."

„Darf ich fragen wie er hieß?"

„Maxime Laurent. Ein schöner Name!" Sie lächelte.

„Stand dieser Name in seinem Ausweis?"

Sie schüttelte den Kopf.

„Er erzählte mir bei seiner Ankunft, dass er in Marseille auf offener Straße ausgeraubt worden sei. Daher hatte er nichts, als er hier ankam. Ich hatte Mitleid und habe daher nicht weiter nachgefragt. Er versicherte mir aber, dass ihm seine Verlobte Geld schicken würde. Irgendwie habe ich ihm geglaubt. Er wirkte seriös. Nicht wie ein Gauner."

„Hat er etwas hiergelassen?"

Sie nickte.

„Ja, aber das hat *commissaire* Chocroute bereits abgeholt. Er hat genauso wie Sie großes Interesse an meinem Zimmergast gezeigt."

Julie bedankte sich und wünschte Lilou eine gute Nacht. Dann ging sie nach oben. Sie war sich sicher. Dieser Maxime Laurent musste Malo Legrand sein. Alles sprach dafür: Malo wollte offensichtlich unerkannt bleiben, deshalb der falsche Name und das Fehlen von Papieren, die ihm angeblich gestohlen worden waren. Und schließlich sein plötzliches Verschwinden. Klar: Er konnte nicht wiederkommen, denn er wurde umgebracht. Aber von wem? Wer war sein Mörder? Oder seine Mörderin?

Sie lief an ihrem Zimmer vorbei und öffnete leise die nächste Tür. Hier war, so hatte ihr Lilou berichtet, das Zimmer des Fremden. Sie schloss die Tür hinter sich und blickte sich um. Es war genauso eingerichtet wie ihres, nur hatte es zwei Fenster und einen kleinen Schreibtisch. Systematisch begann Julie das Zimmer zu durchsuchen. Sie wusste, dass Chocroute dies schon getan hatte, aber sie wollte selbst nochmal nachsehen. Nachdem sie alle Schubladen der Kommode und des Schreibtisches aufgezogen hatte, überprüfte sie den Kleiderschrank und das Badezimmer: Nichts.

Malo Legrand hatte keine Spuren hinterlassen. Blieb nur noch das Bett. Sorgfältig schüttelte sie die Decke und das Kissen aus und tastete die Matratze ab. Dann hob sie diese an und blickte darunter. Fehlanzeige. Gerade als sie aufgeben wollte, sah sie etwas. Die Fußbodenleiste, die mit dem gleichen Stoff wie der Teppichboden überzogen war, klaffte einen Spalt auf, der Nagel, der sie an der Wand halten sollte, stand hervor. Der Teppich davor wies eine leichte Wölbung auf. Darunter lag etwas! Julie legte sich auf den Bauch und angelte danach. Sie riss an dem flauschigen Bodenbelag und es gelang ihr, ihn leicht anzuheben. Schließlich bekam sie etwas zu fassen. Sie zog es hervor und hielt ein schmales, dünnes Lederbüchlein in der Hand. Ein Notizbuch. Sie öffnete es und sah verschiedene Telefonnummern sowie Namen über die Seiten verteilt. Das Buch war beinah voll, die Datierungen zeigten, dass es wohl schon seit langem, mindestens aber seit zwölf Monaten, in Gebrauch war. Vor allem waren Frauennamen vermerkt. Aufgeregt blätterte sich Julie durch die Seiten.

Auf der letzten Seite stand ein Name, den sie heute bereits gehört hatte: Frédéric Mercier. Dahinter hatte der

Schreiber ein Datum sowie eine Uhrzeit notiert. Julie pfiff überrascht durch die Zähne. Wenn dieses Buch Malo gehört hatte, dann hatte der Immobilienmakler Mercier gelogen, als er Chocroute gesagt hatte, er habe keinen Kontakt zu seinem alten Freund gehabt. Zufrieden ging Julie in ihr Schlafzimmer hinüber, zog sich aus und legte sich ins Bett. Kurz darauf war sie eingeschlafen.

Kapitel 17

Provence

„Nun gut, ich habe geflunkert. Er hat mich kontaktiert, aber ich sagte ihm, dass ich keine Zeit habe."

Frédéric Mercier rutschte auf seinem Stuhl umher. Es war ihm anzusehen, dass er sich unwohl fühlte. Der Immobilienmakler trug einen anthrazitfarbenen Anzug und eine streng geknotete Krawatte. Sein graues Haar war mit Gel nach hinten gekämmt, so dass seine Geheimratsecken freigelegt wurden. Das Gesicht war tiefgebräunt und die Zähne so weiß und ebenmäßig wie aus einer Zahnpasta-Werbung. Julie war er tief unsympathisch.

„Da hat Sie *monsieur* Legrand wohl missverstanden", entgegnete Julie und hielt das schwarze Notizbüchlein hoch.

„Hier hat er nämlich vermerkt, dass ein Treffen mit Ihnen bevorstand. Und zwar an genau dem Tag, an dem er ermordet wurde."

Mercier schwieg. Julie konnte förmlich spüren, wie es in seinem Kopf arbeitete. Schließlich beugte er sich vor.

„Sehen Sie, *madame le commissaire,* Malo und ich waren alten Freunde. Er hat mich vor einiger Zeit angerufen und gesagt, dass er in der Gegend sei. Er klang recht aufgeregt und bat mich um etwas Geld, da er seine Kreditkarten nicht benutzen könne. Ich habe nicht weiter nachgefragt. Wie gesagt, wir sind alte Freunde und ich habe ihm vertraut. Wir haben vereinbart, dass wir uns in St. Tropez treffen und ich ihm dort das Geld gebe. Mehr kann ich dazu nicht sagen."

„Und warum rücken Sie erst jetzt mit dieser Geschichte heraus", bohrte Julie nach.

Er zuckte mit den Schultern.

„Malo klang sehr aufgeregt. Ich musste ihm versprechen, nichts zu sagen, sollte jemand nach ihm fragen. Und ich halte mich an meine Versprechen."

„Auch wenn Sie diese in Schwierigkeiten bringen?", wollte Samuel wissen, der neben Julie saß und dem Gespräch bisher schweigend gefolgt war.

„Warum sollte ich Schwierigkeiten bekommen?", fragte Mercier. „Ich wollte einem alten Freund helfen, mehr nicht. Verhaften können Sie mich dafür sicher nicht."

Damit hatte er Recht. Er hatte zwar gelogen, aber seine Erklärung klang für Julie durchaus plausibel.

„Bitte bleiben Sie für uns erreichbar", sagte sie, stand auf und verließ den Raum.

***

Camille und Hugo de la Mure waren ein älteres Ehepaar jenseits der siebzig. Beide waren teuer gekleidet. Camille trug Diamantohrringe und hatte die Haare zu einer komplizierten Frisur hochgesteckt. An ihren Händen glitzerten mehrere Ringe. Es war offensichtlich, dass Julie hier mit der *crème de la crème* von St. Tropez zusammensaß.

„Wir haben doch schon alles diesem Kommissar Chocroute gesagt", betonte die Frau soeben spitz und bedachte Julie mit einem abwertenden Blick. Ihr Mann fügte hinzu:

„Es tut uns sehr leid, dass Malo tot ist, aber wir wissen wirklich nichts."

„Vielen Dank, dass Sie so kurzfristig nach Bartavelle gekommen sind", versuchte Samuel die Situation zu retten und bot den beiden Kaffee an.

„Es haben sich bei unseren Ermittlungen noch einige Fragen ergeben, die wir Ihnen gerne stellen würden. Wir sind Ihnen wirklich sehr dankbar, dass Sie sich für uns Zeit nehmen. Überlegen Sie doch noch einmal: Hat Malo vielleicht versucht Sie zu erreichen?"

Beide schüttelten einhellig den Kopf.

„Haben Sie Kontakt zu *monsieur* Mercier?", fragte Julie, bei weitem nicht so zuvorkommend wie Samuel. Sie sah es gar nicht ein, dass sie diesen neureichen Schnöseln Honig um das Maul schmieren sollte. Schließlich war es deren verdammte Bürgerpflicht die Polizei bei Ermittlungen zu unterstützen.

„*Monsieur* Mercier? Gelegentlich sehen wir ihn in unserem Lieblingslokal, in dem auch er Stammgast ist. Das letzte Mal ist aber sicher schon einige Wochen her", antwortete der Mann und seine Frau fügte hinzu:

„Aber Jade hat ihn doch getroffen und erzählt, dass er eine neue Agentur in Nizza aufmachen will. Erinnerst du dich nicht, *chéri*?"

„Moment", unterbrach sie Julie. „Bedeutet das, dass Ihre Tochter sich momentan in der Provence aufhält?"

Monsieur de la Mure schüttelte den Kopf.

„Nicht mehr", erklärte er.

„Sie ist vor Kurzem abgereist. Sie haben Sie knapp verpasst."

***

„Hast du den Abend gut überstanden?"

Yanick nippte an seinem Kaffee und lächelte Philippe dankbar zu, als der ihm ein Croissant hinschob.

„Ich habe mich die meiste Zeit mit Samuel unterhalten. Der ist echt okay. Hast du Lust, dass wir heute Abend zu dritt etwas unternehmen?"

Philippe sagte freudig zu. Er verbrachte gerne seine Zeit mit Yanick und auch Samuel war ihm sehr sympathisch gewesen. Seit er die Bar leitete, blieb nicht mehr so viel Zeit für Freunde und für eine Freundin schon gar nicht. Ein paar Mal hatte er sich mit Léa, der Besitzerin des hiesigen Souvenirladens getroffen. Sie war eine hübsche Frau, etwas älter als er, und seit einigen Jahren Witwe. Anfangs hatte das Ganze recht vielversprechend ausgesehen, aber er hatte die Beziehung beendet, noch bevor sie richtig ernst wurde.

„Salut Yanick, salut Philippe!“

Lilou lief an der Bar vorbei und winkte den beiden zu.

Yanick pfiff leise.

„Sie ist echt süß. Wolltet Ihr Euch nicht einmal treffen?“

Aber Philippe winkte ab. Für so etwas hatte er einfach keine Zeit. Er schreckte auf, als jemand ihm von hinten auf die Schulter tippte.

„Könnte ich bitte einen doppelten Espresso und ein Croissant bekommen?“

Julie Roche war unbemerkt in die Bar getreten und blickte ihn und Yanick nun zurückhaltend an.

„Natürlich“, antwortete Philippe und ging hinter den Tresen, wo er die große Siebträgermaschine bediente.

„Toi aussi, mon ami?“

Yanick schüttelte den Kopf.

„Ich muss los. *Au revoir,* Philippe. Wir sehen uns heute Abend!“

Er wollte gerade gehen als Julie ihn zurückhielt.

„Warte, wollen wir nicht zusammen frühstücken?“, und in Gedanken fügte sie hinzu: „So wie früher!“

Aber Yanick schüttelte den Kopf.

„Lass es Julie. Es reicht mir schon, dass ich dich im Dienst ertragen muss. Lass mich wenigstens in meiner Freizeit in Ruhe!“

Mit diesen Worten verließ er die Bar.

Philippe, der den Wortaustausch mitbekommen hatte, zuckte die Schultern und stellte Julie ihren Kaffee hin.

„Yanick geht es hier sehr gut. Vielleicht sollten Sie das einfach respektieren und ihn in Ruhe lassen!“

„Wer sind Sie denn, dass Sie sich in meine Freundschaft mit Yanick einmischen?“, begehrte Julie wütend auf, aber Philippe hob beruhigend die Hände.

„Wir sind Freunde und ich habe ihn erlebt, wie er hier ankam, am Boden zerstört. Jetzt geht es ihm endlich besser und ich möchte, dass das so bleibt. Lösen Sie diesen verdammten Fall so schnell Sie können und dann: *Au revoir*!"

Er unterstrich seine Worte mit einer winkenden Handbewegung und wies dann auf die Tür.

„Brauchen Sie noch etwas? Ansonsten macht das vier Euro sechzig!"

***

„So ein ungehobelter Kerl", ereiferte sich Julie, als sie mit Lisa die Stufen zu Chocroutes Büro hinaufstieg.

„Was geht das ihn eigentlich an?"

Lisa zeigte etwas mehr Verständnis für Philippe.

„Er verteidigt seinen Freund. Du solltest lieber froh sein, dass Yanick hier so schnell Anschluss gefunden hat. Schließlich hat er wegen dir sein ganzes Leben in der Bretagne aufgegeben. Ärgere dich nicht und akzeptiere es einfach. Du hast damals einen Fehler gemacht, und jetzt darfst du nicht ungerecht werden."

Julie wusste, dass Lisa Recht hatte, dennoch beschäftigte sie das morgendliche Gespräch für den Rest des Tages.

Im Besprechungszimmer warteten bereits alle auf die beiden Frauen.

Chocroute begrüßte das Team und brachte alle auf den neuesten Stand.

„Leider wissen wir immer noch nicht, wer dieser Marc Bergerac ist. Wir haben alle männlichen Bewohner von Bartavelle überprüft. Alle haben einen lupenreinen Lebenslauf, keine Lücken oder schwarzen Löcher. Wir sind keinen Schritt weitergekommen. Drei von Ihnen saßen schon einmal im Gefängnis, fünf sind vorbestraft. Nun bleibt uns nur, die Augen offen zu halten. Ich habe auch eine offizielle Anfrage an die zuständige Stelle gestellt, um die Identität des Mannes zu erfahren, aber ich bin mir sicher, dass diese unbeantwortet bleibt. Was gibt es Neues zu Jade de la Mure?"

Yanick berichtete: „Wir erreichen Sie nicht persönlich, sie hat uns aber über ihren Anwalt mitteilen lassen, dass sie momentan geschäftlich im Ausland weilt und Anfragen nur schriftlich beantwortet."

„Dann soll sie das tun", meinte Chocroute.

„Warum war sie in Südfrankreich? Und hatte sie Kontakt zu Malo? Das sind die zentralen Fragen. Sie hat definitiv gelogen, als sie sagte, sie hätte aus beruflichen Gründen nicht mit in Urlaub fahren können."

Julie überlegte kurz. Hatte sie wirklich gelogen?

„Ich habe sie nur gefragt, warum sie nicht mit in die Karibik geflogen ist. Nach einer Reise nach St. Tropez habe ich sie nie gefragt. Also hat sie auch nicht gelogen!"

Alle nickten zustimmend.

„Trotzdem", warf Lisa ein. „Es kommt mir komisch vor, dass sie genau zu der Zeit, als Malo hier auf der Suche nach Morgane ist, in die Provence reist. Wir müssen sie auf jeden Fall befragen. Und dieser Mercier ist mir auch nicht geheuer."

Das Telefon klingelte. Chocroute nahm ab und lauschte gespannt. Sein Gesicht versteinerte sich.

„Schnell, rufen Sie die Spurensicherung. Wir sind schon unterwegs."

„Was ist passiert", rief Yanick.

„Es hat Schüsse gegeben. Vor Philippes Bar auf der Terrasse. Es waren zwei bewaffnete Männer auf einem Motorrad. Ein Mann ist tot, Philippe, der gerade draußen serviert hat, wurde angeschossen."

Alle waren aufgesprungen und rannten los.

***

Der Marktplatz von Bartavelle war voller Polizeiautos und Krankenwagen. Philippe war schon abtransportiert wurden. Sie hatten nicht mehr mit ihm reden können. Der Einsatzleiter des Gendarmeriekommandos berichtete dem Kommissar der *police nationale*:

„Der Verletzte hat dem Notarzt gesagt, dass es ganz schnell ging. Er brachte gerade Kaffee zu einem Tisch voller deutscher Touristen, als die zwei Unbekannten das Feuer eröffneten. Der erste Schuss erwischte Lucas, er ist tot. Ein zweiter Schuss traf Philippe, aber es war nur ein Streifschuss. Er war die ganze Zeit bei Bewusstsein. Er wird es schaffen."

„Konnte er etwas über die Schützen sagen?", fragte Yanick.

„Nein, er hat nur gesehen, dass sie eine schwarze Lederkluft und Helme mit verdunkelten Visieren trugen. Wie gesagt, es ging alles zu schnell."

Julie und Lisa beobachteten, wie die Leiche von Lucas Fabre abtransportiert wurde. Das gesamte Areal war mit polizeilichem Absperrband abgeriegelt, dahinter sammelten sich die Schaulustigen. Mariele Chocroute kam aus ihrem kleinen Haushaltswarenladen gerannt und rief ihrem Mann zu:

„*Chéri*, was ist denn nur passiert? Ich habe Schüsse gehört und habe mich deshalb im Hinterzimmer versteckt."

„*Ma belle*, schließ den Laden zu und fahr nach Hause. Ich erzähle dir alles beim Abendessen!", befahl der seiner Frau und wandte sich dann an den Polizisten, der als erstes am Tatort gewesen war.

„Ist Ihnen sonst noch etwas aufgefallen?"

Der junge Gendarm schüttelte frustriert den Kopf. Diese Frage war ihm schon mehrmals gestellt worden, aber seine Antwort hatte sich nicht verändert.

„Ich war gerade auf Streife, naja, eigentlich wollte ich mir schnell bei Luc im Zeitungsladen Zigaretten holen."

Er zeigte auf den kleinen Tabak- und Zeitungsladen, der direkt neben der Bar war. Die Zeitungs- und Postkartenständer auf dem Gehsteig davor waren während der Hektik umgefallen und dutzende kitschige Provencekarten bedeckten den Boden.

„Ich stehe also im Laden und ratsche mit Luc, als ich plötzlich ein knatterndes Motorrad höre. Dann knallen kurz hintereinander zwei Schüsse. Dann wieder das Knattern, als das Motorrad wegfährt."

„Sie hatten den ganzen Tag Schicht. Ist Ihnen im Dorf irgendetwas Ungewöhnliches aufgefallen? Unbekannte Personen, Autos mit fremden Kennzeichen, solche Sachen?"

Der Gendarm schüttelte den Kopf. Chocroute grunzte verärgert und wandte sich an die anderen aus seinem Team.

„Die Spurensicherung soll nun ihre Arbeit machen. Yanick, wir fahren zu Philippe ins Krankenhaus. Er braucht uns jetzt. Können Sie sich darum kümmern, dass die Schaulustigen hier auf dem Platz und die Bewohner der umliegenden Häuser befragt werden, Julie?"

Die nickte und teilte sogleich ihr Team ein.

„Und ich", ergänzte sie, „kümmere mich um Lucas Fabre. Warum wurde er am hellen Tag erschossen? Hängt das mit unserem Fall der toten Frauen zusammen, oder…?" Sie schaute jedem einzelnen Teammitglied lange ins Gesicht: „…oder hat sich jemand nicht an unsere Abmachung gehalten und der Presse …?"

Betretenes Schweigen trat ein. Jeder wusste, was das bedeuten würde.

***

„Es ging alles so wahnsinnig schnell!"

Philippe versuchte sich mit einem schmerzverzerrten Gesicht aufzusetzen, gab dann aber auf und sank wieder in die Kissen. Yanick betrachtete ihn voller Sorge. Sein Freund hatte großes Glück gehabt. Der zweite Schuss hatte wohl auch Lucas gegolten, die Täter wollten wohl absolut sicher gehen. Philippes Pech war es gewesen, dass er gerade am Tisch direkt neben dem erschossenen Dorfbewohner Kaffee serviert hatte. Nachdem er den ersten Schuss gehört hatte, war er herumgefahren und hatte so den zweiten abbekommen. Seine Schulter war dick einbandagiert, aber eine Operation war nicht nötig gewesen. Die Ärzte im Marseiller Krankenhaus hatten die Wunde versorgt und alles gut verbunden. Sobald die Schmerztabletten wirkten, dürfe er nach Hause, hatten sie ihm gesagt. Philippe war froh darüber. Er hasste Krankenhäuser. Und er wollte auf keinen Fall seine Bar zu lange alleine lassen. Sobald die Polizei den Tatort freigab, würde er wieder hinter dem Tresen stehen. Insgeheim plante er eine kleine Trauerfeier für Lucas. Schließlich war der einer seiner treuesten Stammgäste gewesen. Seit er die Bar übernommen hatte, war Lucas mehrmals täglich bei ihm gestrandet, morgens auf *un cafê et une cigarette* und am späteren Nachmittag dann auf einige Anisettes. Philippe hatte ihn gemocht und konnte einfach nicht verstehen, wie ihn jemand erschießen konnte.

„Hat sich Lucas komisch verhalten an diesem Morgen?", fragte Yanick gerade und riss Philippe aus seinen Gedanken.

„Nicht seltsamer als sonst. Du weißt ja, er war ein etwas merkwürdiger Kauz. Still und zurückhaltend, aber immer höflich und zuvorkommend. Ich habe ihn wirklich gerne gemocht. Heute Morgen hat er wie immer einen *café noisette* bestellt und sich eine Zigarette von mir geschnorrt. Alles war wie immer."

Die Krankenschwester kam herein und brachte ein Mittagessen.

„Der Patient braucht jetzt Ruhe, dann darf er vielleicht heute Nachmittag das Krankenhaus wieder verlassen. Also gehen Sie jetzt bitte", befahl sie freundlich, aber bestimmt.

Die beiden Kommissare verabschiedeten sich. Als sie schon fast aus der Tür waren, rief ihnen Philippe hinterher:

„Yanick, unseren Männerabend müssen wir heute wohl ausfallen lassen. Aber wir holen das nächste Woche nach!"

Yanick winkte ihm nochmal zu. Er war froh, dass Philippe das alles gut überstanden hatte!

***

Es war bereits dunkel, als sich das Team zu einer letzten Besprechung an diesem Tag traf. Marelie, Chocroutes Frau, hatte alle spontan zum Abendessen auf ihre Terrasse eingeladen. Das Ehepaar wohnte in einer charmanten Wohnung in einem alten Stadthaus an der engen Straße, die von dem oberen Teil des Dorfes, wo sich der Marktplatz befand, zum *boulodrôme* hinabführte. Über eine schmale Wendeltreppe gelangte man direkt in eine große, gemütliche Wohnküche, in der Marelie unermüdlich umherrannte, in Töpfen umrührte, Brot schnitt und *tapenade* rührte. Chocroute bat seine Gäste auf die Dachterrasse, die, wie der Rest der Wohnung, mit großen Terracottaplatten gekachelt war. In der Mitte stand ein großer, runder Tisch, der bereits für das Abendessen gedeckt war. Von dort hatte man einen atemberaubenden Blick auf die Dächer des Dorfes, über die sich gerade die Abendsonne senkte. Im Norden ragte eine hohe Felsmauer, die *falaise* empor, auf der zwei alte, beleuchtete Ruinen thronten.

Yanick half seinem Chef dabei, Rosé in Gläser zu gießen und verteilte sie an die Besucher.

„Was für ein Tag", stöhnte er.

„Was wissen wir denn bisher über Lucas. Wer hatte einen Grund, ihn zu töten?"

„Ich habe bisher nichts Handfestes finden können", verkündete Julie.

„Lucas Fabre, Jahrgang 1989. Er ist in Bartavelle geboren, hat nie woanders gelebt. Er war verheiratet, zwei Kinder, und hatte eine feste Arbeit. Ein paar Strafzettel wegen Falschparkens, das war es!"

„Vielleicht", schlug Lisa vor, „ist er durch Zufall zum Opfer geworden. Mag sein, dass er einen der beiden Morde in Bartavelle beobachtet hat."

Julie schüttelte den Kopf:

„Das habe ich schon überprüft. Während des Mordes an Malo war er in der Arbeit. Als Morgane erschossen wurde, sah er sich gerade eine Ballettaufführung seiner Tochter an. Er kann also kein zufälliger Zeuge gewesen sein. Marc Bergerac war er auch nicht, schließlich ist er hier geboren und dafür gibt es ausreichend Zeugen. Er ist seit jeher fester Bestandteil der Dorfgemeinde."

Marelie erschien auf der Terrasse und stellte eine Platte mit gerösteten Weißbrotscheiben auf den Tisch sowie kleine Schälchen, die mit *tapenade,* der typisch provenzalischen Olivenpaste sowie *rouille,* einer Knoblauchmayonnaise, gefüllt waren.

„Ich verstehe das alles nicht!"

Chocroute ließ sich auf einen Stuhl fallen und nahm einen Schluck Wein aus seinem Glas.

„Ich kenne Lucas seit er auf der Welt ist. Er war mit unserem Adrien in der Schule. Ich kann mir einfach nicht vorstellen, dass er in irgendetwas verwickelt war. Warum musste er sterben?

„Jetzt esst bitte!", forderte Marelie alle auf. Sie war mit einem großen Topf *soupe au pistou* auf die Terrasse getreten und schöpfte nun jedem einen Teller voll.

„Danach", verkündete sie stolz, „gibt es *gigot d'agneau* mit grünen Bohnen und Rosmarinkartoffeln. Ich hoffe, Ihr habt alle Hunger!"

***

Julie ließ sich auf ihr Bett fallen. Sie war satt und müde. Marelie hatte wunderbar gekocht und der alte Kommissar war ein lustiger Unterhalter. Es war spät geworden und der Abend war so amüsant gewesen, dass Julie für einen kurzen Moment den schwierigen Fall vergessen hatte. Nun aber, als sie alleine in ihrem Zimmer war, kam alles wieder hoch und sie konnte trotz ihrer Müdigkeit nicht einschlafen. Schließlich stand sie auf, schaltete die Nachttischlampe ein und zog die Akte aus ihrer Handtasche. So viele Tote. Zählte man Lucas dazu, hatte dieser Fall bisher fünf Leben gekostet. Was, wenn es noch nicht vorbei war? Sie schauderte. Saint-Malo und Bartavelle wirkten idyllisch, doch hinter ihrem paradiesischen Vorhang verbarg sich allerhand Düsteres.

Sie schlug die Akte auf und betrachtete das Bild von Morgane Bergerac. Sie war hübsch gewesen, unauffällig hübsch. Ihre Augen lagen etwas zu weit auseinander.

„Wer ist dieser Marc", flüsterte Julie. Sie war sich sicher, er war der Schlüssel zur Lösung. Wenn sie ihn fanden, würden sie den Fall aufklären. Aber er war immer noch ein Phantom.

Wieder kam ihr Lucas Fabre in den Sinn. Sie sah keinen Sinn hinter seinem Tod. Er konnte unmöglich Marc Bergerac sein. Es war aber auch unwahrscheinlich, dass Morganes Mörder ihn auf dem Gewissen hatte. Sie steckte die Akte zurück in ihre Tasche, knipste das Licht aus und legte sich wieder aufs Bett. Sie musste unbedingt schlafen. Morgen würde ein anstrengender Tag werden. Sie schloss die Augen, aber die Bilder vom Tatort und dem toten Lucas tanzten vor ihren Augen. Plötzlich und völlig unerwartet durchzuckte sie ein Gedanke, der sie auffahren ließ. War das möglich? Sie waren immer fest davon ausgegangen, dass Fabre das Ziel der Schüsse gewesen war. Wenn diese Annahme nun aber falsch war? Was, wenn nicht er, sondern jemand anderes getötet werden sollte? Julie dachte angestrengt nach. Wer war noch alles auf der Terrasse gewesen? Die deutschen Touristen? Eher unwahrscheinlich. Dann blieb nur noch…Philippe.

Julie schnappte sich ihr Handy und wählte aufgeregt Chocroutes Nummer.

Kapitel 18

Provence

„Ich kann es nicht fassen!“

Yanick lief wütend im Besprechungszimmer auf und ab.

„Hast du es vielleicht auf meine Freunde abgesehen?“

Er warf Julie böse Blicke zu.

„Julie hat letztes Jahr Yanicks besten Freund Luis im Rahmen einer Mordermittlung eines schweren Verbrechens überführt“, erklärte Lisa dem erstaunten Chocroute Yanicks Ausbruch.

„Ich verstehe“, sagte dieser nachdenklich.

„Das erklärt vielleicht auch, warum Yanick bei uns gelandet ist. Ganz habe ich das nie verstanden, warum sich ein so kompetenter Kommissar in so eine Provinzstadt versetzen lässt.“

„Yanick“, versuchte Julie einzulenken. „Ich sage ja nicht, dass Philippe der von uns gesuchte Marc Bergerac ist. Ich biete nur Alternativen. Wir konnten bei Fabre keine Hinweise finden, die erklären, warum er ermordet wurde. Ich habe Philippe genau unter die Lupe genommen. Er kam vor sechs Jahren nach Bartavelle, wenige Monate nachdem Marc Bergerac in Paris verhaftet worden war. Man findet zwar einen lückenlosen, aber sehr farblosen Lebenslauf von ihm. Zu unauffällig, wenn du mich fragst. Das erscheint mir konstruiert. Er war auf der Terrasse, als die Schüsse fielen, er hat sogar einen abbekommen. Wir haben bisher angenommen, dass er Pech hatte, in die Schusslinie gekommen zu sein, aber vielleicht hatte auch einfach Lucas Fabre Pech. Und Yanick, schau dir die Bilder an!“

Julie hatte jeweils ein Bild von Morgane und Philippe ans Whiteboard geheftet. Wenn man darauf achtete, war die Ähnlichkeit nicht zu übersehen.

„Die weit auseinanderstehenden Augen, der blasse Teint…", begann Julie, aber Yanick unterbrach sie:

„…sind noch lange keine Beweise. Ich muss hier raus, Julie. Du hast dich überhaupt nicht verändert. Wo du hinkommst, richtest du nur Schaden an!"

Er schnappte sich seine Jeansjacke und rauschte aus der Tür.

Die anderen blieben stumm zurück und sahen sich ratlos an.

„Aber er kann das doch nicht so einfach vom Tisch wischen. Die Ähnlichkeit ist meines Erachtens mehr als deutlich", versuchte Julie ihre Schlussfolgerungen zu rechtfertigen.

Wieder breitete sich ein beklemmendes Schweigen aus.

„Ich kann ihn verstehen", begann Chocroute, „und ich hoffe, dass Sie Unrecht haben, *madame le commisaire.* Aber wir müssen dieser Spur nachgehen. Ich werde zu Philippe fahren. Möchten Sie mich begleiten?"

***

Yanick verließ wütend das Kommissariat. Was dachte sich Julie eigentlich dabei, sein ganzes Leben wieder auf den Kopf zu stellen. Seit sie in Bartavelle eingetroffen war, konnte er keinen klaren Gedanken mehr fassen. Er war gleichzeitig enttäuscht von ihr, wütend, und hatte dabei aber die ganze Zeit einen heftigen Wunsch verspürt, mit ihr zu reden.

Das war nun vorbei. Schon wieder hatte sie einen seiner Freunde im Visier. Yanick musste an Philippe denken, der ihm seit seiner Ankunft in der Provence ein so treuer Freund gewesen war. Es war unvorstellbar, dass er etwas mit den Vorgängen in Bartavelle zu tun haben könnte. Andererseits - Yanick kam ein schlimmer Gedanken und mit ihm setzte wieder das schlechte Gewissen ein. Er hatte Philippe in der Bar vom Mord an der jungen Frau erzählt, Polizeiwissen, das niemals nach außen hätte dringen dürfen. Mehrmals hatte er ihm Details anvertraut, die nicht für fremde Ohren bestimmt gewesen waren. Und nach wie vor war unklar, wer die Info über Morgane Bergeracs Tod an die Presse weitergegeben hatte. Sein Chef Mathis war außer sich gewesen, als er davon erfahren hatte, war aber gleichzeitig zu loyal und anständig gewesen, irgendjemanden aus dem Team zu beschuldigen. Yanick war davon ausgegangen, dass der alte Jerome ihn und Philippe belauscht und es dann weiterverbreitet hatte.

Was aber, wenn Philippe es gewesen war?

Yanick fühlte sich furchtbar. Trotzdem, er sah er keinen Zusammenhang zwischen Julies Verdächtigungen und der Pressenachricht. Selbst wenn Philippe die Info der Zeitung gesteckt hatte, hieß das ja noch lange nicht, dass er der Bruder von Morgane und somit vielleicht der Mörder von Malo war. Im Gegenteil, er hätte doch eher Interesse daran gehabt, dass die Öffentlichkeit nicht allzu schnell davon erfuhr. Und außer den Hirngespinsten seiner alten Vorgesetzten gab es keine Spuren, die zu Philippe führten. Die Auswertung des Telefons, das Morgane bei sich getragen hatte, hatte schließlich nur ergeben, dass der letzte Anruf, den sie kurz vor ihrem Tod erhalten hatte, von einer öffentlichen Telefonzelle gekommen war, die im nächsten größeren Ort stand. Bisher hatten sie keine Zeugen finden können, die den Anrufer gesehen hatten. Kurzerhand beschloss Yanick zur Bar zu gehen und seinen Freund direkt auf alles anzusprechen. Er brauchte Klarheit!

***

Der Arm schmerzte, aber Philippe war fest entschlossen, heute zu arbeiten. Er hatte bereits frühmorgens die Bar aufgesperrt und alles für den Tagesbetrieb vorbereitet.

Frische, duftende Croissants standen auf dem Tresen, die Kaffeemaschine lief, und die Espressotassen waren vorgewärmt. Der Tag konnte starten. Gestern war es doch später geworden, bis er die Klinik verlassen konnte. Erst hatten die Ärzte noch einige abschließende Untersuchungen gemacht, ehe sie ihn schließlich entließen. Er war froh gewesen, als er endlich daheim war. Die letzten Wochen waren nicht einfach gewesen. Er fühlte sich ausgebrannt. Vielleicht sollte er sich bald eine Auszeit nehmen. Einfach wegfahren, irgendwohin, wo es auch im Winter richtig warm war. Vielleicht könnte er Yanick fragen, ob er ihn begleiten würde. Sein Freund, da war sich Philippe sicher, hatte eine kleine Auszeit ebenfalls nötig. Die Anwesenheit dieser Julie machte ihm schwer zu schaffen. Während er noch über ihn nachdachte, sah er ihn in einiger Entfernung an der Bar vorbeilaufen. Entschlossen, ihn sogleich in seine Urlaubspläne einzuweihen, trat Philippe vor die Tür, hob die Arme und winkte Yanick zu:

„Yanick, *salut*, möchtest du einen Kaffee?"

Yanick hörte seinen Freund, bevor er ihn sah. Gleichzeitig vernahm er aber auch etwas anderes, das laute Knattern eines Motorrades. Dann sah er die zwei Gestalten auf der schweren Maschine die Straße hinaufgerast kommen.

Er konnte gerade noch rufen:

„Philippe, in Deckung!", da ertönten auch schon die ersten Schüsse.

Yanick fluchte, er hatte seine Waffe im Auto gelassen. Er sah Julie und Chocroute, wie sie die Straße heruntergerannt kamen. Sie sprangen in ein Auto und rasten sogleich dem davonbrausenden Motorrad hinterher.

Yanick rappelte sich auf. Beim Geräusch der Schüsse hatte auch er sich instinktiv in Deckung hinter eine Bank geworfen. Panisch rannte er über die Straße auf Philippes Bar zu. Wo war er?

Philippe lag hinter einem Tisch auf dem Boden. Er hatte sich zusammengerollt. Yanick sah erleichtert, dass er am ganzen Körper zitterte. Das bedeutete, dass er lebte.

„Philippe, ganz ruhig. Julie und Mathis sind hinter den Scheißkerlen her. Sie erwischen die ganz sicher!"

Langsam hob Philippe den Kopf und sah Yanick an.

„Es tut mir so leid, dass ich dir nicht die Wahrheit gesagt habe!"

Yanick nickte. Dann rief er einen Krankenwagen und begleitete Marc Bergerac in die Klinik.

Kapitel 19

Provence

„Kommen Sie wieder, wann immer Sie wollen?"

Commissaire Choucroute schüttelte Julie die Hand. Sie war gerade dabei einzupacken und sich mit Lisa auf den Rückweg zu machen. Samuel würde noch einige Tage bleiben, um seine Familie zu besuchen. Nach den erneuten Schüssen, hatte der Fall schließlich eine überraschende Wende genommen. Julie konnte immer noch nicht fassen, wie schnell sich alles entwickelt hatte. Philippe hatte Yanick im Krankenhaus alles gestanden. Früher hatte er Marc Bergerac geheißen. Er war, nachdem er seine Komplizen in Paris an die Polizei verraten hatte, in ein Zeugenschutzprogramm aufgenommen worden und so mit seinem neuen Namen Philippe Bertaud in Bartavelle gelandet. Nur Morgane, seine Schwester und einzige Verwandte, wusste von seinem neuen Leben und hütete dieses Wissen wie einen Schatz.

Schließlich, so berichtete Philippe, war sie eines Tages plötzlich vor seiner Tür gestanden, verwirrt und verängstigt. Sie hatte von Menschen geredet, die sie verfolgten. Immer wieder hatte sie von einem Mord gesprochen. Anfangs hatte er ihr nicht geglaubt, aber mit der Zeit musste er erkennen, dass die Geschichte wahr war. Seine Nachforschungen ergaben, dass sich tatsächlich ein Mann, Malo, an Morganes Fersen geheftet hatte. Als dieser starb, habe Morgane sich jedoch immer noch nicht sicher gefühlt und stets von einer weiteren Person gesprochen. Dass sie Recht hatte, zeigte sich nur wenige Tage danach, als sie erschossen wurde. Unter Tränen berichtete Philippe, wie er sich zusammenreißen hatte müssen, als Yanick ihm von Morganes Tod erzählte. Er durfte ja nicht zeigen, wie nah ihm dieser Verlust ging.

Zuerst hatte der Verdacht im Raum gestanden, Philippe habe Malo Legrand getötet, um seine Schwester zu schützen, aber dies konnte sogleich ausgeräumt werden. Philippe hatte für den Tatzeitpunkt ein Alibi.

Man konnte also davon ausgehen, dass Malo den gleichen Tätern wie Marianne, Juliette und Morgane zum Opfer gefallen war. Aber wer hatte nun auf Philippe geschossen? Die beiden Motorradfahrer waren zu schnell gewesen, um noch von Julie und Chocroute geschnappt zu werden. Aber eine Streife, die augenblicklich die Zufahrtsstraße blockierte, konnte die beiden stellen. Tatsächlich waren es die beiden ehemaligen Komplizen Philippes aus Paris. Sie hatten Morgane die Jahre über beschattet, immer in der Hoffnung, sie könne sie irgendwann zu Marc Bergerac alias Philippe Bertaud führen. Und das hatte sie unwissentlich schließlich auch getan.

***

„Wann denken Sie, wird es eine Verhaftung geben?“, riss Chocroute Julie aus ihren Gedanken.

„Ich hoffe bald. Wir konnten Jade de la Mure bisher noch nicht finden. Sie ist untergetaucht. Aber es ist nur eine Frage der Zeit, bis wir sie schnappen. Ich halte Sie auf dem Laufenden.“

Der alte Kommissar kratzte sich am Dreitagebart und sagte nachdenklich:

„Ich hätte nicht gedacht, dass dieser Mercier noch einknickt. Der ist echt ein harter Hund. Die Vernehmung haben Sie wirklich großartig geführt!“

Julie freute sich über das Lob. Nachdem klar war, dass Philippe und Morgane nichts mit Malo Legrands Tod zu tun hatten, fokussierten sich die Ermittler wieder auf Frédéric Mercier, da er der Letzte war, der mit Malo Kontakt gehabt hatte. Mercier hatte zunächst beharrlich geschwiegen, aber da er für den Todeszeitpunkt kein Alibi vorweisen konnte und die Spurensicherung in seiner Garage ein Motorrad mit erdverkrusteten Reifen fand, knickte er schließlich ein. Die Erdreste konnten eindeutig dem Boden auf dem Hügel zugeordnet werden, wo Malo ermordet worden war. Mercier verstrickte sich zuerst in Lügen, gab dann aber zu, nicht allein gehandelt zu haben. Seine frühere Schulfreundin und jahrelange Geliebte - Jade de la Mure, habe ihn zu diesem Mord angestiftet.

***

Schließlich war es Julie gelungen, den ganzen Fall zu rekonstruieren.

Malo Legrand war ein Schwerenöter. Obwohl er in einer festen Beziehung mit Jade war, hatte er immer wieder andere Frauen aufgerissen und mit ihnen die Nächte in seinem Hotel verbracht. In seinem kleinen schwarzen Lederbüchlein hatte er alle Telefonnummern und Namen dieser heimlichen Affären notiert und wann und wo er seine Geliebten getroffen hatte. Als er auf einem Bewerbungsschreiben Marianne Rousses Foto gesehen hatte, beschloss er, auch diese Frau zu erobern. Er arrangierte ein Treffen und zwischen den beiden entspann sich eine Affäre. Regelmäßig trafen sie sich in der Suite seines Hotels. Jade muss irgendwann dieses Büchlein entdeckt und ihre Schlüsse daraus gezogen haben. Auf jeden Fall lauerte sie Malo in der Suite auf und erwischte ihn in flagranti mit Marianne. Kurzerhand entledigte sie sich der unliebsamen Dame. Malo hatte tatenlos zugeschaut, als sie die Studentin mit einem schweren, gläsernen Briefbeschwerer erschlug. Aber nun waren die beiden durch diese Tat aneinander gebunden. Da es ihnen unmöglich war, die Leiche ungesehen aus dem Hotel zu entfernen, ließen sie sie einfach in der Suite liegen. Wer sollte schon eine Verbindung zu ihnen herstellen? Sie wiegten sich in Sicherheit. Bis zwei Tage später Juliette an der Rezeption des Hotels stand und nach Malo Legrand fragte.

Sie hatten seit zwei Tagen nichts mehr von Marianne gehört und sie machten sich große Sorgen. Irgendetwas musste mit ihr geschehen sein. Wie sich herausstellte, hatte Marianne ihren beiden Freundinnen Morgane und Juliette von ihrer geheimen Affäre erzählt. Das veränderte alles. Was passierte, als Malo und Jade davon erfuhren, konnte Julie nur ahnen. Aber es musste schlimm genug gewesen sein, dass Morgane sich gezwungen sah zu fliehen. Ihr muss klar gewesen sein, wie gefährlich ihr Wissen um diese Affäre für sie werden konnte. Und sie ahnte vermutlich, dass Marianne etwas Schlimmes passiert sein musste. Mercier berichtete, dass Jade auf Mariannes Handy Chats fand, in denen die Studentin ihren Freundinnen ausführlich von Malo berichtete. Das war deren Todesurteil. Juliette, die sich der Gefahr, in der sie schwebte, nicht bewusst war, wurde in ihrer Wohnung ermordet. Morgane floh und Jade hetzte Malo auf ihre Fersen. Malo wusste, dass sein ganzes Leben, seine Existenz, zerstört wäre, wenn diese Affäre und ihre fatalen Folgen ans Licht kämen. Vielleicht erpresste ihn Jade damit, dass sie aussagen würde, er hätte Marianne erschlagen. Auf jeden Fall begab er sich auf eine Verfolgungsjagd quer durch Frankreich. Doch er scheiterte bei dem Versuch, Morgane zu töten.

Daher beschloss Jade in die Provence zu reisen. Mercier hatte bestätigt, dass sie ihn gleich nach ihrer Ankunft ins Vertrauen gezogen hatte. Er war seit Ewigkeiten in sie verliebt und sah nun seine Chance gekommen, sich für sie unentbehrlich zu machen. Malo war inzwischen ein psychisches Wrack. Er konnte Morgane nicht finden und drohte einzuknicken.

Die lange, beschwerliche Reise und der stetige Druck, den Jade auf ihn ausübte, waren zu viel für ihn. Da er inzwischen ein Risiko, eine Gefahr für sie darstellte, beschloss sie, ihn mit Merciers Hilfe zu beseitigen. Sie informierte Malo darüber, dass sie ebenfalls in die Provence gereist sei, um ihn zu unterstützen, und vereinbarte ein Treffen in den Hügeln oberhalb Bartavelle. Dort wartete Mercier auf den

Hotelerben und erschlug ihn. Nachdem er die Leiche zuerst vor Ort zurückgelassen hatte, schickte ihn Jade nochmals zum Tatort zurück mit dem Auftrag, das Auto und den Toten in Brand zu stecken, um Spuren zu vernichten. Mercier sagte aus, dass Malo viel zu früh am Treffpunkt aufgetaucht war und er vermutet habe, dass dieser den Hinterhalt durchschaut habe. Vielleicht wusste Malo ja, mit welch skrupelloser Frau er sich da das Bett teilte und wollte auf Nummer sicher gehen. Es hatte ihm nichts geholfen.

„Was ich immer noch nicht verstehe ist, wie Jade und Malo wissen konnten, dass Morgane nach Bartavelle wollte. Schließlich wusste doch niemand, dass Philippe Bertaud und Marc Bergerac dieselbe Person waren."

„Jade de la Mure hat jahrelang als Anwältin in Paris gearbeitet. Dort hat sie, wie es der Zufall will, Marc Bergerac vor Gericht vertreten. Sie war, wie es scheint, informiert", fragte Julie, schloss ihre Tasche und hievte sie sich über die Schulter. Dann reichte sie Chocroute die Hand.

„Es war mir eine Freude, mit Ihnen zusammenzuarbeiten. Auf bald!"

Sie blickte sich ein letztes Mal um. Yanick war nicht gekommen, um sie zu verabschieden.

Kapitel 20

Bretagne

„Wo zur Hölle steckt diese verfluchte Jade de la Mure?“

Julie schlug mit der flachen Hand auf den Tisch. Sie hatten bereits gestern eine Fahndung herausgegeben, aber bisher hatte es keine Hinweise auf deren Aufenthaltsort gegeben. Weder in ihrer Wohnung noch in ihrem Büro war irgendetwas zu finden. Julie war am Durchdrehen. Gleich würde De la Mures Anwalt hier aufkreuzen. Vielleicht konnte er ihnen weiterhelfen.

Für einen kurzen Moment wäre Julie am liebsten aus dem Büro geflohen, als sie den Mann sah. Jade de la Mures Anwalt war kein anderer als der unangenehme, schmierige Laurence Kœnik, der auch die Legrands vertrat. Mit der gleichen Arroganz wie bei ihrem ersten Gespräch trat er Julie gegenüber.

„So wie ich das sehe, ist das Einzige was sie gegen meine Mandantin in der Hand haben, die Aussage eines liebeskranken Mannes. Ich habe recherchiert: Frédéric Mercier saß bereits wegen Betrugs im Gefängnis. Kein Wunder also, dass er, um die eigene Haut zu reden, andere des Verbrechens beschuldigt.“

Julie hatte ihm schweigend zugehört, hob nun aber die Hand.

„Das ist so nicht ganz richtig! Erstens deckt sich Merciers Aussage mit unseren Ermittlungsergebnissen. Zudem wurde Ihre Mandantin in Bartavelle gesehen.“

„Warum sollte sie sich nicht in der Gegend aufhalten, in der ihre Eltern leben?“, konterte der Anwalt. „Ohne handfeste Beweise können Sie ihr nichts anhaben. *madame* de la Mure wird auch weiterhin nur über mich mit Ihnen kommunizieren. Ich wäre Ihnen sehr verbunden, wenn Sie mich in Zukunft nur dann einbestellen, wenn Sie Ermittlungsergebnisse haben, die nicht nur aus der Luft gegriffen sind."

Kœnik erhob sich und stolzierte arrogant aus dem Raum.

„Er hat nicht Unrecht", musste Lisa zugegeben.

„Merciers Aussage allein wird vor Gericht nicht standhalten. Die Tatsache, dass sie von Zeugen in Bartavelle gesehen wurde, besagt auch nichts. Es ist bekannt, dass sie ihre Eltern besuchte. Und Bartavelle ist beliebt bei Touristen. Wir brauchen DNA, wir brauchen die Wissenschaft auf unserer Seite. Ohne Beweise wird kein Richter der Welt sie für das, was sie getan hat, verurteilen."

„Was ist mit dem Wohnmobil?", hakte Julie nach.

„Darin wurden Spuren von Juliette Martin, Malo Legrand und Jade gefunden. Allerdings ist auch das kein Beweis, schließlich war es ja ihr Wohnmobil, das sie auch benutzt hat. Sie wird die Morde an den drei Studentinnen auf Malo schieben. Und Malos Tod geht auf Merciers Konto. So wird sie ungeschoren davonkommen. Ich befürchte, wir müssen uns mit dieser Tatsache abfinden, Julie!"

Aber dazu war Julie nicht bereit. Sie schnappte sich ihr Handy, ihre Tasche und ihren Autoschlüssel und eilte davon.

***

Julie und Adèle saßen wieder in dem gleichen Lokal, in dem sie sich bereits früher getroffen hatten. Adèle Legrand war perfekt geschminkt. Sie trug einen schicken Hosenanzug. Sie war direkt von einem geschäftlichen Meeting ins Restaurant gekommen, als Julie sie telefonisch darum gebeten hatte.

„Wie kann ich Ihnen helfen?"

Julie setzte sie mit wenig Worten ins Bild was den aktuellen Ermittlungsstand betraf und rückte dann sogleich mit ihrem Anliegen heraus.

„Irgendwo hält sich Jade auf. Sie möchte nicht mit uns sprechen und schickt immer nur Kœnik vor. Ich bin mir sicher, dass sie für den Tod Ihres Bruders und der drei Frauen verantwortlich ist. Aber wir haben keine Beweise. Wir müssen Sie fassen. Ihr Handy ist ausgeschaltet, ich denke, sie hat Angst, wir könnten sie orten."

Adèle nippte an ihrem Champagnerglas und dachte angestrengt nach.

„Ich weiß, dass sie eine Schwester hat. Die beiden sind sehr eng. Vielleicht ist sie ja dort untergekommen. Aber Madeleine würde nie ausplaudern, wo sich ihre Schwester versteckt."

Julie schüttelte den Kopf.

„Das wäre zu einfach. Wir haben schon mit dieser Madeleine de la Mure gesprochen. Sie gibt vor, seit längerem nicht mehr mit ihrer Schwester Kontakt gehabt zu haben." Julie schwieg und sah ihr Gegenüber nachdenklich an. „Wir müssten sie irgendwie herauslocken."

Der Kellner brachte die Vorspeise.

„Wissen Sie", begann Adèle und betrachtete Julie interessiert. „Es gibt Menschen, die haben viel Geld, aber wollen immer mehr. Und dafür riskieren sie einiges. Ich bin mir sicher, Sie gehören nicht zu diesen Menschen."

„Aber", fuhr Julie fragend dazwischen, „Jade de la Mure gehört dazu?"

Adèle nickte und tauchte den Löffel in ihre Suppe.

„Unter uns gesagt: Sie war mir nie sonderlich sympathisch. Malo hat sie von irgendeiner High Society Party mitgebracht und ich bin davon überzeugt, dass sie weniger von meinem Bruder als von unserem Hotel beeindruckt war. Ihre mangelnde Zuneigung hat sie Malo auch immer spüren lassen. Er hat unter ihr gelitten, war aber so vernarrt in sie, dass er sie nicht verlassen konnte. Marlon und ich waren besorgt, anfangs zumindest, aber da wir nur wenig von ihr zu sehen bekamen, und Malo mit der Zeit immer weniger über sie sprach, hofften wir, die Beziehung würde irgendwann einschlafen. Da haben wir uns wohl getäuscht."

Sie seufzte schwer. Es war ihr anzusehen, dass sie es insgeheim bereute, nicht mehr auf ihren Bruder Malo eingewirkt zu haben.

„Ich habe eine Idee!"

Adèle setzte sich gerade auf und blickte Julie in die Augen.

"Ich kontaktiere Madeleine und erzähle ihr, dass wir mit Jade über ihr Erbe sprechen möchten. Natürlich steht ihr nach dem Erbrecht offiziell nichts zu, aber wir behaupten einfach, dass neben anderen auch sie in Malos Testament als Erbin eingesetzt ist. Das wird sie aus der Reserve locken. Marlon ist momentan auf einer Konferenz in Paris, aber sobald er morgen zurückkommt, werde ich ihn über unsere Pläne informieren."

Nach kurzem Nachdenken stimmte Julie dem Vorschlag zu.

„Das ist eine Idee, die uns weiterhelfen könnte. Meine Beamten werden Ihr Telefon abhören. Falls sich Jade meldet, können wir sie orten. Dann haben wir sie!"

„Hoffentlich!", ergänzte Julie im Stillen.

Provence

„Es tut mir leid, Yanick."

Zerknirscht saß Marc Bergerac an seinem Küchentisch und drehte die Kaffeetasse, die vor ihm stand, nervös im Kreis.

„Es ging alles so schnell. Niemals hätte ich gedacht, dass Morgane zu mir kommt. Als ich damals ins Zeugenschutzprogramm genommen wurde, war klar, dass sie beobachtet werden würde. Sie wusste zwar ungefähr, wo ich mein neues Leben begonnen hatte und es gab in all den Jahren wenige Treffen an geheimen Orten, aber meine Betreuer hatten ihr damals eingetrichtert, dass sie mich in keinem Falle aufsuchen durfte. Sie musste also wirklich verzweifelt sein, das war mir klar, als sie auf einmal vor meiner Tür stand. Sie war meine Schwester. Ich musste ihr helfen und sie verstecken."

„Aber warum hast du mich nicht eingeweiht? Ich hätte euch geholfen", fragte Yanick mit Unverständnis in der Stimme. Das Treffen war auf seinen Wunsch hin vereinbart worden, nachdem festgestanden hatte, dass Marc mit Sicherheit nichts mit dem Mord an Malo Legrand zu tun hatte.

„Das wollte ich. Ich habe alle Möglichkeiten abgewogen, habe auch überlegt, meine Betreuer vom Zeugenschutzprogramm zu informieren. Schließlich hatte ich mich schon entschieden, dich ins Vertrauen zu ziehen, aber ich konnte Morgane um nichts in der Welt dazu bewegen. Sie war so verängstigt."

Yanick bemerkte, wie mitgenommen sein Freund aussah. All die Ereignisse der vergangenen Wochen hatten schwer an ihm genagt. Yanick fühlte sich schuldig. Er hatte ihn verdächtigt, die Informationen zur toten Frau an die Presse weitergegeben zu haben. Im Nachhinein hatte sich herausgestellt, dass es tatsächlich der alte Jerome gewesen war, der alles ausgequatscht hatte. Konnte man es ihm verübeln? Es war ihm einfach nur darum gegangen, Aufmerksamkeit zu bekommen. Was hatte er denn sonst noch im Leben?

„Ich weiß, dass ich mir dein Vertrauen erst wieder verdienen muss", riss ihn Marc aus seinen Gedanken.

„Aber ich werde auf jeden Fall in Bartavelle bleiben und meine Bar weiterführen. Ich bin jetzt ein freier Mann und kann wieder unter meinem richtigen Namen leben. Meine Verfolger wurden alle verhaftet. Ich hoffe, du und der Rest des Ortes gebt mir noch eine Chance."

Yanick nickte. Im Chancengeben war er geübt. Unwillkürlich glitten seine Gedanken ab. Zu Julie. Hatte sie auch noch eine Chance verdient?

Kapital 21

Bretagne

Julies Wecker klingelte, als sie gerade eingeschlafen war. Nachdem sie ihr Team am vergangenen Abend über die Entwicklungen im Fall in Kenntnis gesetzt hatte, war sie todmüde nach Hause gefahren mit dem festen Vorsatz, schnell zu schlafen. Aber daraus war nichts geworden. Zu groß war die Aufregung gewesen, ob ihr Trick funktionieren würde. Würde Jade aus Geldgier ihre Tarnung auffliegen lassen? Noch am Abend hatte Julie eine SMS von Adèle erhalten. Sie hatte mit Madeleine telefoniert, die wenig interessiert gewirkt und beteuert hatte, dass sie nicht wisse, wo sich ihre Schwester aufhalte. Nun mussten sie abwarten. Nachdem sich Julie stundenlang im Bett von einer Seite auf die andere gewälzt hatte, war sie schließlich aufgestanden und hatte sich einen Tee gekocht. Dann war sie in ihrer Wohnung auf und ab gegangen und hatte sich darüber den Kopf zerbrochen, wo sich Jade de la Mure nur versteckt halten konnte. Ihr Anwalt, Laurence Kœnik, behauptete nicht zu wissen, wo sich seine Mandantin aufhielt, was, so war sich Julie sicher, eine Lüge war. Aber was sollten sie tun? Kœnik verhaften? Dazu hatten sie nicht genug gegen ihn in der Hand. Immerhin hatte Samuel veranlasst, dass ein Polizeibeamter über Nacht vor dessen Haus Wache hielt und Julie informieren sollte, wenn Kœnik irgendwohin fuhr.

Gegen fünf Uhr morgens war Julie endlich eingeschlafen. Und jetzt, um sechs Uhr, riss sie der Wecker aus dem Schlaf. Mit einem Seufzer kroch sie aus dem Bett und schlurfte ins Bad. Eine Dusche und zwei starke Espresso später fühlte sie sich im Stande, in den Tag zu starten. Um sieben Uhr war sie zu einer Besprechung mit ihrem Team verabredet. Allerdings hatte sie nicht wie sonst das Büro, sondern eine kleine Bar an der Strandpromenade als Treffpunkt vorgeschlagen. Kurzerhand beschloss sie zu Fuß dorthin zu gehen. Über die Verandatür trat sie auf die Terrasse ihres Hauses, die direkt zum Meer hinausging. Ein starker Wind zerzauste ihre Haare und trug den intensiven Salzgeruch und -geschmack des Atlantiks zu ihr. Julie zog sich ihre Regenjacke fest um die Schultern und marschierte zum Strand. Wegen der Kälte und des eisigen Sturms waren kaum Spaziergänger unterwegs. Kurz blieb Julie stehen, atmete tief durch und blickte auf das Meer hinaus. Sie liebte die unzähmbare Wildheit des Ozeans. Gischt spritzte meterhoch auf und das Geräusch der aufschlagenden Wellen donnerte in ihren Ohren. Sie hatte nie woanders gelebt als hier, fiel ihr ein. Ihr ganzes Leben hatte sie in Saint-Malo verbracht, sogar während ihres Studiums in Rennes war sie dem kleinen Piratennest treu geblieben. Sie musste an Yanick denken, der es gewagt hatte, ein völlig neues Leben zu beginnen. Ob sie so etwas könnte? Sie bezweifelte es. Trotz aller Baustellen in ihrem Leben fühlte sie sich hier sicher. Langsam spazierte sie durch den Sand den Strand entlang. Schon von weitem konnte sie die Bar sehen, in der sie die anderen gleich treffen würde. Als ihr Handy klingelte, sah sie, dass es Adèle war.

„*Madame* Legrand, Sie haben mit Jade gesprochen?"

„Ja", antwortete die.

„Sie hat mich heute früh angerufen, wollte mir aber nicht sagen, wo sie sich momentan aufhält. Ich habe ihr, wie besprochen, einen Teil des Erbes in Aussicht gestellt. Daraufhin hat sie mich gebeten, alles mit ihrer Schwester Madeleine zu vereinbaren, sie sei momentan nicht erreichbar. Und dann hat sie auch schon wieder aufgelegt."

„Vielen Dank für Ihre Hilfe!", wollte Julie ihm noch sagen, aber da knackste es in der Leitung und das Telefonat wurde unterbrochen. Julie versuchte, im Büro anzurufen, aber die Leitung war kaputt. Sie hoffte, dass es den Kollegen gelungen war, den Anruf zurückzuverfolgen. Schnell ging sie weiter. Sie musste Lisa und Samuel von den Entwicklungen berichten.

***

Lisa versuchte Julie auf dem Handy zu erreichen, aber es kam keine Verbindung zustande. Gut möglich, dachte sie, dass das Handynetz bei diesem Wetter nicht einwandfrei funktionierte. Inzwischen hatte sich der starke Wind zu einem Sturm gesteigert. Auch Samuel konnte sie nicht erreichen. Die beiden warteten sicher schon auf sie in der Strandbar, wo eine Teambesprechung anberaumt war. Lisa lächelte. Sie fühlte sich wohl. Anfangs hatte sie gefürchtet, die neue Konstellation mit Samuel im Team könnte die Zusammenarbeit und das Arbeitsklima dauerhaft zerstören, aber alles hatte sich gut entwickelt. Zum ersten Mal in ihrem Leben fühlte sich Lisa zufrieden. Sie hatte Freunde, einen spannenden, herausfordernden Job und Perspektiven im Leben. Es klopfte leise an der Tür und ein junger Brigadier steckte den Kopf zur Tür herein.

„Sous-commissaire Lisa Baëlec?"

Es war ein Brigadier aus ihrem Präsidium. Er informierte sie darüber, dass das Handy von *madame* de la Mure geortet wurde, er aber *commissaire* Roche nicht hatte erreichen können, und daher sie, *sous-commissaire* Baëlec aufsuche. Er reichte ihr einen Zettel, auf dem die Koordinaten und die zugehörige Adresse standen.

Lisa wollte sofort Julie anrufen, als das Telefonnetz wieder zusammenbrach.

„Scheiß Unwetter!", schimpfte sie.

Was sollte sie tun? Julie und Samuel waren nicht erreichbar. Sollte sie schnell selber zu dem Ort fahren und nachsehen, ob de la Mure sich dort versteckte. Kurzerhand schnappte sie sich ihre Autoschlüssel und lief zum Wagen. Sie würde die Lage auskundschaften und dann Verstärkung anfordern. Die Adresse lag nicht weit weg, etwas außerhalb in den Dünen. Während der Fahrt wurde Lisas kleiner PKW immer wieder von Windböen ergriffen und herumgeschaukelt. Die Bäume am Straßenrand bogen sich bedrohlich. Das Thermometer im Auto zeigte Null Grad an. Bald würde es, so befürchtete Lisa, auch noch zu schneien beginnen.

„Scheiß Unwetter", schimpfte sie laut und lenkte den Wagen auf einen kleinen Feldweg. Der Brigadier hatte ihr die Adresse eines Ferienhäuschens unweit von Cancale genannt. Dort, so hoffte sie, würde sie Jade antreffen. Der Weg wurde immer unebener und sie hatte alle Mühe, die Kontrolle über den Wagen im Sturm zu behalten. Schließlich sah sie ein kleines Häuschen. Sonst gab es weit und breit keine Behausung zu sehen. Sie parkte den Wagen ein Stück davon entfernt, nahm sich ihre Waffe aus dem Handschuhfach und fluchte, dass sie sich nicht wärmer angezogen hatte. Vorsichtig schlich sie sich an das Haus heran. Nichts war zu hören außer dem Brausen des Sturms. Sie blickte durch ein Fenster in das Innere des Hauses und erkannte die Küche. Es wirkte, als sei der Raum gerade eben erst benutzt worden. Tassen und Teller standen in der Spüle und über dem Stuhl, der am runden Küchentisch stand, hing eine Wolljacke. Auf dem Herd kochte ein Wasserkessel, der soeben laut zu pfeifen begann. Kurz war Lisa durch das überraschende Geräusch abgelenkt. Daher bemerkte sie nicht, wie sich ihr jemand von hinten näherte. Der Schlag auf den Hinterkopf ließ sie zusammensacken. Für einen Augenblick hob sich ihr Blick und sie sah in ein bekanntes Gesicht. Dann verlor sie das Bewusstsein.

***

Das eiskalte Wasser traf sie hart und überspülte ihren Kopf. Sie schluckte salziges Wasser, hustete laut und rang dann nach Atem. Sie konnte ihre Arme und Beine nicht bewegen. Wegen der Eiseskälte? Oder wegen der Fesseln, die in ihre Hand- und Fußgelenke schmerzhaft einschnitten? Sie blickte in den Sternenhimmel, der sich wie ein Zelt über sie ausgebreitet hatte. Der Sturm hatte die dicken Wolken weggeblasen. Die Nacht war jetzt klar und eiskalt. Lisa wusste, dass sie sterben würden. Mühsam versuchte sie, weg zu robben, zum Ufer hin, aber sie war zu schwach. Erneut schwappte das kalte Nass über sie hinweg. Die Flut war im Anrollen und würde sie bald unter sich begraben.

Was war geschehen? Sie war mit dem Auto zu dem kleinen Haus am Meer gefahren, wo sie Jade de la Mure vermutet hatte. Und dann? Mühsam drehte sie den Kopf. Ihre Augen schmerzten vom Salzwasser. Kurz sah sie das weite, schwarze Meer, dann krachte wieder eine Welle auf sie herab. Das Wasser war noch weiter gestiegen. Lange würde es nicht mehr dauern, und sie würde ertrinken. Was war nur geschehen? Irgendetwas fühlte sich absolut nicht richtig an. Lisa war bereit zu sterben. Es war nicht das erste Mal in ihrem Leben, dass sie sich mit ihrem Ende auseinanderzusetzen hatte. Der Tod machte ihr keine Angst mehr. Aber wenn sie schon starb, dann wollte sie wenigstens wissen, warum?

Im immer gleichen monotonen Rhythmus wurde sie vom Wasser überspült, nur um dann für einen kurzen Moment wieder zu Atem zu kommen. Inzwischen war sie komplett von Wasser bedeckt. Mit aller Kraft, die sie noch aufbrachte, streckte sie ihre Nase aus dem Nass. Sie ermahnte sich zur Ruhe. Langsam durch die Nase ein- und ausatmen. Ruhe bewahren. Keine Panik bekommen. Ihre Augen waren geschlossen. Sie dachte an Julie und Yanick und eine unendliche Traurigkeit überkam sie. Wie gerne würde sie die Zeit zurückdrehen. Aber es war zu spät. Mit der nächsten Welle versank auch ihre Nase im eisigen Wasser.

Kapitel 22

Epilog in der Bretagne

Der Friedhof oberhalb der Klippen war überfüllt. Es war ein klarer Samstagabend. Der Wind hatte endlich nachgelassen. Die Kälte aber war geblieben. Julie zog ihren schwarzen Mantel fester um die Schultern. Yanick und Samuel hatten sie in ihre Mitte genommen. Sie hatte es nicht mehr geschafft, Lisa ein letztes Mal im Leichenschauhaus von Dr. Moulin zu sehen. Zu schmerzhaft war der Tod ihrer besten Freundin, dass sie sich einfach zurückgezogen hatte. Tagelang war sie in ihrer Wohnung gesessen, hatte die Wand angestarrt und irgendwie versucht einen Sinn hinter dem ganzen zu erkennen. Aber es gab keinen. Alles war sinnlos gewesen.

Als Julie gesehen hatte, dass sie an jenem Tag einige Anrufe von Lisa auf dem Handy erhalten hatte, hatte sie dauernd versucht, zurück zu rufen. Erfolglos. Samuel war es ebenso ergangen. Sie schien unerreichbar. Kurzerhand waren sie ins Büro gefahren, wo sie Adèle Legrand angetroffen hatten, die aufgeregt erzählte, ihr Bruder sei Hals über Kopf aufgebrochen ohne ihr zu sagen wohin. Er habe sich seltsam verhalten, als sie ihm von Julies und ihrem Plan erzählt habe, Jade zu fassen. Sie befürchte nun, dass ihm die Aufregung der vergangenen Tage zu viel geworden sei und dass er sich etwas antun könne. Allerdings habe er vorher mehrere Telefonate aus seinem Büro geführt.

Eine Überprüfung der Anruflisten zeigte, dass er wiederholt eine Festnetznummer angerufen hatte. Diese ließ sich einem Haus am Meer zuordnen. In Julie war ein schlimmer Verdacht aufgekeimt. Sie und Samuel waren unverzüglich dorthin gefahren, hatten aber niemanden angetroffen. Gerade als sie schon gehen wollten, war Julie der blaue Schal aufgefallen, der hinter einem Stapel aus Brennholz hervorlugte. Sie hatte ihn Lisa zum letzten Weihnachtsfest geschenkt.

Nach nur kurzer Zeit war ein Großaufgebot der Polizei eingetroffen und alle hatten sich auf die Suche nach Lisa gemacht. Marlon Legrand und Jade de la Mure waren zur Fahndung ausgeschrieben worden. Man hatte sie geschnappt, noch bevor man Lisas Leiche fand.

In den nächsten Stunden hatte sich alles wie ein Puzzle zusammengefügt. Julie hatte Marlon gemocht und ihm geglaubt, dass er helfen wollte, Jade zu finden. Und er hatte dieses Vertrauen ausgenutzt. Von Anfang an hatte der ehrgeizige Hotelier das Treiben seines jüngeren Bruders mit Argwohn beobachtet. Vielleicht fürchtete er um den guten Ruf des Hotels. Als Malo ihm aufgelöst von dem Mord an der Studentin berichtete, hatte er schnell reagiert und war zu Jades Verbündetem geworden. Mercier hatten sie als Handlanger benutzt, der ihre Arbeit verrichten sollte.

Als seine Schwester ihm von Julies Plan berichtete, musste er schnell handeln. Ihm war bewusst, dass die Polizei den Anruf zurückverfolgen würde. Daher war er schnell zum alten Strandhaus gefahren und hatte dort auf Julie gewartet. Als Lisa statt der Kommissarin kam, hatte er sie bewusstlos geschlagen und gefesselt. Bei der Vernehmung hatte er ausgesagt, dass er Lisa für tot gehalten habe, als er sie an den abgelegenen Strand geworfen hatte. Letztendlich hatten sich Jade und Marlon gegenseitig beschuldigt und sich immer tiefer in Widersprüche vertieft. Beide würden eine lange Zeit im Gefängnis verbringen. Aber das war Julie eigentlich egal. Lisa war tot und hatte einen tiefen Riss in ihrem Team hinterlassen. Nie mehr würde es so werden, wie es einmal gewesen war. Das wusste sie.

Als die Menschen den Friedhof verlassen hatten, waren Julie, Samuel und Yanick am Grab zurückgeblieben.

Samuel zündete sich eine Zigarette an und sah aufs Meer hinaus.

„Sie hat noch versucht uns anzurufen. Aber wegen des Sturms war das Handynetz in der ganzen Region gestört."

Yanick klopfte ihm auf die Schulter. Er war sofort nach Saint-Malo gereist, als er von Lisas Tod gehört hatte.

Er legte einen Arm um Julie und den anderen um Samuel. Zu seinen Füßen winselte Gigi. Der Labrador war das kalte bretonische Wetter nicht gewohnt.

„Marlon Legrand hat uns alle getäuscht. Er wollte den Ruf des Hotels bewahren und ist dafür über Leichen gegangen. Außerdem war er wohl scharf auf Jade. Adèle ist am Boden zerstört. Sie hat beide Brüder verloren und ist jetzt ganz allein."

Samuel zog an seiner Zigarette.

„Es wird irgendwie weitergehen", sagte Julie leise und blickte aufs Meer hinaus. Die Sonne senkte sich gerade und tauchte alles in ein warmes, rotes Licht.

„Irgendwann vergeht auch diese Kälte!"

Sie spürte wie ihr die Tränen die Wangen hinunterrannen.

Irgendwie würde es weitergehen. Langsam drehte sie sich um und schritt über den Friedhof zum Auto.

Die bisher erschienenen Fälle
von Madame le commissaire Julie Roche

Sanni Aran

Der bretonische Teufel

Commissaire Julie Roches erster Fall

Im idyllischen Küstenort Cancale wird eine ermordete Frau aufgefunden.
Commissaire Julie Roche und ihr Team machen sich auf die Suche nach dem Mörder und stoßen dabei auf eine ominöse Privatschule im bretonischen Hinterland. Welche Geheimnisse verbergen sich hinter den hohen Steinmauern der elitären Lehranstalt? Und was hat ihr charmanter Direktor zu verbergen? Die Ermittler finden eine Spur, die sie weit in die Vergangenheit zurückführt. Dabei müssen sie erkennen: Der Mörder ist bereits auf der Jagd nach weiteren Opfern. Werden sie ihn aufhalten können?

Paperback 12 x 19 cm, 176 Seiten
Taschenbuch 9,90 € (ISBN 978-3-945503-14-0)
e-book 6,99 € (ISBN 978-3-945503-15-7)

Sanni Aran

Der bretonische Wolf

Commissaire Julie Roches zweiter Fall

Foto © SashaS - Fotolia.com

Im Eurostar von London nach Paris wird ein Mann ermordet.

Zufällig sitzt *commissaire* Julie Roche im selben Wagen. Zurück in der Bretagne erhält sie einen Anruf: Die Kollegen aus Paris bitten sie um einen Gefallen. Da der Tote wie sie aus St. Maló stammt, soll Julie vor Ort die Ermittlungen führen. Als wenige Tage später eine weitere Männerleiche von der Flut an den Strand gespült wird, glaubt Julie nicht an einen Zufall. Schnell wird klar: Die beiden Morde hängen zusammen. Julie und ihr Team heften sich an die Fersen des Mörders, der eine blutige Spur durch das Land zieht.

Paperback 12 x 19 cm 210 Seiten
Taschenbuch, 9,90 € (ISBN 978-3-945503-16-4)
e-book, 6,99 € (ISBN 978-3-945503-17-1)

Ignaz Holds Commissaire Jean-Luc Papperin
von der *police judiciaire* in Aix en Provence
macht den Ganoven das Leben schwer.

Ignaz Hold
Mistralmorde
Commissaire Papperins erster Fall

Der Wald rund um Commissaire Papperins Heimatdorf Cabanosque brennt. Erhitzt sind auch die Gemüter, denn: Im Löschwassertank schwimmt die Leiche des örtlichen Umweltaktivisten. Wer soll jetzt den Baulöwen und den Bürgermeister in die Schranken weisen, die das idyllische Dorf in ein Wellness-Resort für die High Society verwandeln wollen?

Paperback 12 x 19 cm, 399 Seiten
Taschenbuch 9,90 € (ISBN 978-3-9815613-1-9)
e-book 6,99 € (ISBN 978-3-9815613-0-2)

Ignaz Hold
Mordtour
Commissaire Papperins zweiter Fall

Was haben ein Massenunfall auf der Tour de France mit einem Toten und zahllosen Verletzten und das Verschwinden eines kleinen Jungen miteinander zu tun? Steckt die internationale Doping-Mafia dahinter? Oder handelt es sich um eine Marseiller Familientragödie? Commissaire Papperin aus Aix-en-Provence steht vor einem Rätsel.

Paperback 12 x 19 cm, 383 Seiten
Taschenbuch 9,90 € (ISBN 978-3-9815613-3-3)
e-book 6,99 € (ISBN 978-3-9815613-2-6)

Ignaz Hold

Todeseiland

Commissaire Papperins dritter Fall

Im Gourmetrestaurant auf der provenzalischen Urlaubsinsel Porquerolles stinkt's. Commissaire Papperin kennt diesen Geruch nur zu gut: Das Odeur des Verbrechens hängt über dem Paradies. Der Kommissar und seine Lebensgefährtin müssen erkennen: Sie machen Ferien auf einem Todeseiland.

Paperback 12 x 19 cm, 319 Seiten

Taschenbuch 9,90 € (ISBN 978-3-9815613-5-7)

e-book 6,99 € (ISBN 978-3-9815613-4-0)

Ignaz Hold

Ein Hauch von Tod und Thymian
Commissaire Papperins vierter Fall

Was ist mehr wert: Ein voller Geldtransporter oder ein echter Cézanne? Für keines von beidem lohnt es sich zu sterben. Trotzdem gibt es Tote. *Commissaire* Papperin und sein Team müssen sich mit den verschrobenen Weltanschauungen des verarmten französischen Landadels auseinandersetzen. Gleichzeitig führen sie ihre Ermittlungen in das Milieu des Prekariats, der frustrierten arbeits- und hoffnungslosen Welt der Kleinkriminellen in den Vororten der Arbeiterstädte des Midi.

Paperback 12 x 19 cm, 319 Seiten
Taschenbuch, 9,90 € (ISBN 978-3-945503-10-2)
e-book, 6,99 € (ISBN 978-3-945503-11-9)

Ignaz Hold

Trüffel mit Schuss

Commissaire Papperins sechster fall

Ein Mord auf dem Wochenmarkt von Cabanosque – direkt unter den Augen von *commissaire* Jean-Luc Papperin. Warum wurde der *truffier* erschossen? Droht die lokale Mafia ins Trüffelgeschäft einzusteigen? Oder haben Neid und Missgunst zwischen Trüffelbauern zu dieser brutalen Tat geführt?

Paperback 12 x 19 cm, 319 Seiten

Taschenbuch 9,90 € (ISBN 978-3-945503-18-8)

e-book 6,99 € (ISBN 978-3-945503-19-5)

Ignaz Hold

Der Tod des Père Noël
Commissaire Papperins sechster Fall

Mord kennt keine Feiertage. Die Passanten in der weihnachtlich geschmückten Altstadt von Aix en Provence erstarren vor Entsetzen. Ein Weihnachtsmann, der stadtbekannte Père Noël, liegt tot im Schaufenster eines großen Ladengeschäfts - erschossen.

Paperback 12 x 19 cm, 400 Seiten
Taschenbuch 9,90 € (ISBN 978-3-945503-12-6)
e-book 6,99 € (ISBN 978-3-945503-13-3

Kaltgepresst
Commissaire Papperins siebter Fall

Von Ignaz Hold

Kurz nach der Verkostung der neuen Olivenöle im Lager der Großhandelsfirma stirbt der Einkäufer einer bekannten Supermarktkette. Herzinfarkt - diagnostiziert der herbeigerufene Arzt. Commissaire Papperin hat da so seine Zweifel, und richtig: Bei der gerichtsmedizinischen Untersuchung stellt sich heraus: Der Mann wurde vergiftet, und zwar mit einem seltenen und höchst schwierig herzustellenden Gift. Die Ermittlungen führen Papperin und sein Team zu idyllisch gelegenen Bauernhöfen, in landschaftlich reizvolle Olivenhaine und in das trost- und erbarmungslose Milieu des internationalen Ölgroßhandels.

Paperback 12 x 19 cm, 456 Seiten
Taschenbuch 9,90 €, ISBN 978-3-945503-20-1
e-book 6,99 €, ISBN 978-3-945503-21-8

Krimi-Kurzgeschichtenbei *ambiente-krimis*:

Spannende und atmosphärische Reisen durch beliebte Urlaubsregionen in Kurzgeschichten.

„Der Tod trägt Lavendel"
Eine Rundreise durch die Provence in zehn Kurzkrimis.

Von Gérard Mejer
Taschenbuch 9,90 €
ISBN 978 3 9815613-7-1
e-book 6,99 €
ISBN 978-3-9815613-6-4

„Der Tod schlürft Austern"

Eine Rundreise durch die Bretagne in zehn Kurzkrimis.
Von Gérard Mejer

Taschenbuch 9,90 €
ISBN 978-3-9815613-9-5
e-book 6,99 €
ISBN 978-3-9815613-8-8